价值阅读

阅读改变人生

我的宝贝

——名人写给孩子的信

陈 强/编著

辽宁大学出版社

图书在版编目(CIP)数据

我的宝贝:名人写给孩子的信 / 陈强编著. —沈阳:
辽宁大学出版社,2013.9
ISBN 978－7－5610－7467－1

Ⅰ.①我… Ⅱ.①陈… Ⅲ.①书信集－世界 Ⅳ.①I16

中国版本图书馆 CIP 数据核字(2013)第 227313 号

我的宝贝——名人写给孩子的信

编　　译:陈　强
出 版 者:辽宁大学出版社有限责任公司
　　　　　(地址:沈阳市皇姑区崇山中路 66 号　邮政编码:11003
印　刷　者:沈阳天择彩色广告印刷有限公司
发 行 者:辽宁大学出版社有限责任公司
幅面尺寸:160mm×230mm
印　　张:12
字　　数:150 千字
出版时间:2013 年 10 月第 1 版
印刷时间:2013 年 10 月第 1 次印刷
策划制作:吉林省梦想文化艺术有限公司
责任编辑:董晋骞

书　　号:ISBN 978－7－5610－7467－1
定　　价:25.00 元

一封信的重量

一封信有多重？这不是一个数学问题，而是一个抽象的哲学问题。不是将书信上的文字一笔一划的称量，而是体会字里行间所包含的东西。

一封信的重量包含着爱。

世界瞬息万变，历史一眼万年，千古不变的东西少之又少。但是，"爱"这个东西是特别的。四季交错，花开花落。孩子成了父母，父母成了老人，而他们心中唯独一直留着对孩子的爱。曾经有这样一则公益广告：一家餐馆中，一位小伙子在和他患老年痴呆的父亲吃饺子，当盘子里的饺子所剩无几时，老人用手抓起饺子揣到口袋里，然后说："我儿子最喜欢吃饺子，我要给他留点儿。"之后屏幕上出现一句话："他忘记了一切，也没有忘记爱你！"这句话让人久久无法释怀。没错，无论何时何地，父母都在牵挂着孩子：尼赫鲁在监狱中，罗森堡夫妇在将赴刑场之时，托尔斯泰在被病魔缠身的日子里……这就是爱的伟大！

一封信的重量包含着做人之道。

好人有好报，这五个字虽然不是什么绝对的真理，但足以说明做人的标准。不过这并不意味着我们要做一个试穿衣服的模特。正如华盛顿在给侄子的信中所说："不要认为衣着漂亮的人就是好人，正如羽毛美丽不一定就是好鸟一样。"因为没有一个恒定的标准来衡量什么样的人是好人，"好"这个字眼只是一个符号而已。我们可以像黑泽明教育儿子一样，"以德立身"。本分地做人，凭良心做事，这是个不错的选择。

一封信的重量包含着知识。

我们为什么会写信？为什么会读信？很简单，因为我们识字，有知识。我们从小就上学读书，最初就是为了学习知识。就算靠体力吃饭的人，也需要靠脑子思考。一个人想做到会思考，善思考，就要有足够的知识储备。想获得知识就要多读书，而高效率的读书需要"目到、口到、心到"，这是清代政治家左宗棠交给儿子的读书方法。读书多的人自然能够总结出有效的读书方法，自然也能够运用到工作和生活当中。活到老，学到老，人的一生其实都在直接或间接地学习，如此重要之事，信中怎能不提及呢！一封信的重量包含着成长。

孩子离开父母时，意味着他们已经长大了。但是，成长是没有上限的，即使离开家人，有时还是需要家人的帮助。因为这个世界也在成长，并且是我们的成长无法超越的。也许在某一阶段，我们与之齐头并进，而在下一个阶段又要从头开始。但是没有关系，这时总会有信封装载着温暖的话语，从熟悉的方向缓缓而来。

一封信的重量包含着生活的点点滴滴。

柴米油盐酱醋茶，生活的点点滴滴累积起来的重量，或许有时让我们难以承受。学着品味生活，那么生活便不会乏味了！但是，绝不是像嚼甘蔗一样无味则弃，而是要像爱吃糖果一样去慢慢享受。过来人的经验自然丰富，不自觉地会在信中多啰嗦几句吧！一封信有多重？现在我们应该清楚了吧！

编　者

目录
CONTENTS

关于爱 …

> TO LOVE

用笔画勾勒的爱

爱，是人类最美好的情感，而父母对孩子的爱又是最特别的。那是一种无私的爱，是一种高尚的爱。而它的美，美在它那包容世间万物的博大，美在它那胜过滔滔雄辩的沉默。

但是，终有一天，孩子要去独立生活，离开父母为他们撑起的保护伞。孩子走的越远，父母的思念越长。于是，这些存储的思念被碾成笔画装在信封里，无论多少路程，哪怕隔着群山，隔着大洋，只要这份爱存在，终有一天它会将这份厚重的爱意传达到主人所牵挂之人那里。我们仔细想想，这不是上下五千年从未改变的永恒事实吗？

静下心来细细品读，体会那一字字、一句句中的爱意吧！

李镇西写给女儿的信

李镇西，当代著名教育家，教育哲学博士，语文特级教师。2000 年被提名为"全国十杰中小学中青年教师"，被誉为"中国苏霍姆林斯基式的教师"。出版作品有《做最好的老师》、《做最好的家长》、《做最好的班主任》等。

亲爱的晴雁：

爸爸又给你写信了。

本周我几乎每天早晨都给你打电话，询问你课堂发言的情况和读、背、写的情况，可结果都令我遗憾。看来你还是不能战胜自己啊！

我不止一次地反思自己的教育，特别是看了你的日记更是感到了自己教育的不足。我已经告诉你，我以后绝不再以"你不像李镇西的女儿"之类的话来批评你，因为我知道你是很爱爸爸的，这样的话太伤你的心了。在这里，爸爸再次向你表示歉意。你能原谅爸爸吗？

但是，爸爸要求你每天的语、数、外三课至少发两次言，你为什么答应爸爸又做不到呢？看来还是胆子小，不能战胜自己。其实，只要你鼓起勇气发了言，就会觉得其实没什么了不起的。发言的好处有：第一，促使自己好好听课，因为不认真听就答不上老师的问题。第二，促使自己动脑筋，因为要发言就必须动脑筋想。第三，可以锻炼自己的口头表达能力。第四，可以锻炼自己的胆量。这么多好处，怎么不大胆地把手举起来呢？爸爸希望你能迈出这一步，好吗？

至于读、背、写，可能有时是因为作业多，但这也需要挤时间。读、背、写的重要性，我在家里已经对你讲得很多了。最主要的是，爸爸希望你能用人类最优秀的文化成果武装起来，在长期的读、背、写中培养自己的语文能力。回想你从小学以来，只要按爸爸说的去做，就能提高自己的语文水平，是不是？更何况现在的语文教学大纲对读、背、写都做了明确的规定，爸爸不过是要求你比一般同学早走一步而已。要把读、背、写真正落实，关键是要将其纳入计划，即将每天复习的几首古诗、每天写的 300 字和每天读的《西游记》页数或章节，都订入计划，这样坚持下去才会有效。我真担心，等到爸爸回来时，你以"功课紧""忘了"为理由而不完成，到时候爸爸真不知道说什么好了。那篇《想爸爸》，我希望你改好后能给爸爸寄一份来，同时自己寄一份至《华西都市报》。

妈妈的感冒好了没有？爸爸不在家，你要帮爸爸好好照顾妈妈。妈妈脾气有时不太好，你要多体谅她，即使有了委屈也不要和她顶嘴。自己的妈妈吗，总是爱自己的，是吧？

好了，不多写了。我真不知道该怎样表达我对晴雁的爱！

盼望早日收到你的回信（连同那篇《想爸爸》）。

祝好！

爸爸
2000 年 5 月 26 日于西安陕西师大

秦爱梅致女儿的信

秦爱梅，江苏南通海安人。新生代儿童文学作家，江苏省作协会员。主要作品：《卖快乐的女巫》、《小丫，快跑》、《小宝贝，上学去》、《蓝宝石的秘密》、《天大的秘密》、《天底下最好玩的游戏》等。编写的教材有《入学启蒙数学》《宝宝趣味识字》系列，以及教育部国家教师科研基金"十二五"重点课题科研成果《幼儿园潜能开发教材》，在全国幼儿园广泛使用，深受一线师生欢迎。

宝贝：

我是妈妈！2009 年 5 月 6 日学校组织体检，妈妈被查出肝上长有血管瘤，当医生告诉我这个情况时，这短短的一句话，却让我想了很多很多。宝贝，首先，妈妈要告诉你，这并不是很严重的病，只要平时注意休息不过分劳累、保持良好的心情，就没有问题，你不要害怕。你看，从那时到现在，已经一年多了，妈妈不是好好的吗？但是，这件事，却让我一直在思索一个问题：假如我真的患上了绝症，我要怎么办？想到这个问题，妈妈突然发现，我竟然还有好多好多东西，没有教给你，也还有好多好多承诺，没有兑现给你。还好，现在一切都来得及。那么就让我们从这封信开始吧。

宝贝，首先，妈妈希望你能学会做人，做一个有爱心，学会对父母大声地说，我爱你，重视亲情的人。记得首席演讲家邹越说过一句话，"我们中国人并不缺少爱，只是含蓄的个性缺少了爱的表达……"其实你的妈妈我就是这样一个不会表达爱的人。

记得去年秋季学期开学的第一天，恰巧是你小姨的宝宝满月之喜，你的外公让我一起去你小姨家。因为刚开学，我觉得请假不好，而且没什么非得请假的事，我是从来不请假的，我总是觉得在不应该休息的时间休息，心里不塌实，放心不下班上的事。其实地球离了谁都会照样转，但我就这样一个人没办法，所以就没请假，因此我和你外公还吵了一架，闹得不欢而散，这是我长这么大，第一次和你外公吵架，到现在这事一直搁在我心里。记得吴非老师在他的作品《不跪着教书》里说过这样一句话，"连亲情都不顾的人，又怎么样教好自己的孩子？"我不也是这样的人吗？妈妈其实知道自己错了，但我就一直开不了口对你外公道歉。今天在这里我想大声地对你外公说："爸爸对不起！我伤您心了！其实女儿很爱你！"

　　妈妈相信宝贝你是一个富有爱心，又会表达爱的人。宝贝，妈妈希望教会你爱惜身体。记得你从小到大都很少生病的，可近来特别是这学期你总是感冒，妈妈想这可能和你平时缺少锻炼有关。这段时间常听你回家说，不喜欢上体育，不喜欢跑步。礼拜天在家，你做完作业，就待在房间里看书，很少到户外活动。妈妈想告诉你，这样不益于身体的健康发育。丰富多彩的活动可以让你感到身心的愉悦，积极参加体育锻炼，对骨骼、肌肉、皮肤的健康发育及种种健美动作的形成都十分有利。经常进行体育锻炼，还可以改善人体的血液循环，提高身体对营养物质的吸收，能使骨骼生长得更旺盛，更利于你的成长。还有就是生病要及时就医，不能因为不喜欢吃药害怕打针延误治疗的时期，这样不利于身体的康复。拥有一个健康的身体，才能健康快乐地成长，才能够更好地实现自己美好的生活目标。

　　妈妈相信你是个懂事的孩子，今后不会再让我们为你的健康而担心。宝贝，妈妈要向你检讨，一直以来，忙于工作，结果把每晚睡前小故事的时间都给挤掉了。妈妈知道这是你一天中特别期待也特别喜欢的时间，每当妈妈忙完手头的工作已经是夜阑人静，坐在你的床前，凝视着你平静的面容，聆听着你均匀的呼吸声，看着你手上紧握着的书，妈妈觉得愧疚你！不过，妈妈答应你，以后再也不会以工作忙为借口而挤掉陪你的时间。今后不管工作多忙，我都坚守我们每天 15 分钟的约定。

　　哦！宝贝，借此机会妈妈还想夸夸你，你是一个爱看书的孩子。当你捧着书坐在沙发上哈哈大笑，当你看完一本书又重头翻开，当你捧着书感动落泪时，妈妈为有你这样的女儿而骄傲，更是备感欣慰。妈妈想告诉你的是，你读得越多，理解力越好；理解力越好，你就越喜欢读，就读得越多。你读得越多，你知道得越多；你知道得越多，你就会越聪明。你还会从书本中学会坚强、勇敢……甚至更多的知识。宝贝，在拥有一颗爱心，一个健康身体，好书陪伴你的人生中，相信你会选择一个正确的方向，大步迈进。

祝我亲爱的宝贝健康成长快乐相伴一生平安！

永远爱你的妈妈

曾奇峰给女儿的信

曾奇峰，1986 年毕业于同济医科大学医疗系，全国独家心理咨询杂志《心理辅导》专栏作家。首期中德高级心理治疗师连续培训项目学员，中国卫生专业技术资格考试专业委员会成员，中国心理卫生协会精神分析学组副组长，德中心理治疗院中方委员之一，中华医学会武汉分会精神医学委员会委员，华中科技大学同济医学院心理卫生研究中心学术委员会委员。

亲爱的小人：

之所以叫你"小人"，有两个原因。一是我第一次看见你的时候，你的确很小啊，胳膊腿细的像我的手指；二是"小人"这个词稍带贬义，就算是对你有时候调皮而我又对你没什么办法的一种"报复"吧。

首先我想对你说抱歉，因为我们没有征得你的同意，就让你来到了这个世界上。也许你觉得好笑，你都没有出生，怎么可能征求你的意见呢？但爸爸这样说是认真的，人生有很多自己做不了主的事情，出生就是最开始的那一件，死亡是最后的那一件。当然，不仅仅是你，我们周围所有的人，都是这样莫名其妙地来到这个世界上，后来又不得已才离开的。

爸爸和妈妈也是这样来到这个世界上。我们在生活了二三十年后，觉得这个世界还不错，就决定让你也来看看。所谓不错的意思，就是这个世界有很多有趣的地方，但它却并不完美，还有很多不那么好的、甚至丑恶的地方。甚至有一些人认为，人生不如意的事情占十分之八或者九，这真的是很大的比例了。当然，有更多的人认为，人生的大部分是很美好的。不论你以后怎么看待生活，爸爸都想跟你定一个"君子协定"：如果你觉得这个世界精彩又好玩，你不必谢谢我们；如果你觉得人生痛苦又无趣，你也不责怪我们，好吗？

有一些父母觉得，自己把孩子带到了这个世界上来，而且把孩子养大，所以孩子应该感恩。现在你知道了吧，把孩子带到这个世界上来，最多是件不好不坏的事情；而养育孩子，则是父母应尽的责任和义务。法律规定，不养育孩子的父母亲，是要负法律责任，并且会遭到众人的谴责的。从这个意义上来说，父母养育孩子，最低限度只是没犯法而已。我们不必对仅仅没犯法的人说，谢谢你啊。

你的出生，是我一生中最重要的事情。从此我升级为爸爸，这可是一个人一生中最大的"升迁"。8年来，你一直都在教我怎么做一个好的爸爸，你教的很好，我呢，也在不断地努力学习着。你出生之前，爸爸只是做着你奶奶的儿子，无止无休地接受着奶奶的爱，而没有学会怎么给予爱。爸爸想告诉你，学习爱和被爱，是人生最重要的功课。有了你之后，爸爸才学会了怎么给予爱。

你以前是那么地弱小，而你以你的弱小衬托了我的强大。在你感到害怕搂着我的时候，在你让我为你打开矿泉水瓶盖的时候，从你无比欣赏和崇拜的眼神里，我感受到了自己的价值和能力，我觉得这是这个世界上最真诚的信任和赞美呢。爸爸从你那里得到的荣誉和鼓舞，远远地超过了从其他方面得到的。

爸爸是别人的心理医生，而你却是爸爸的心理医生。在爸爸的内心变得不那么宁静的时候，你的纯真灿烂的笑容可以很快让我从心灵的泥潭中走出来，变得跟你一样轻松和快乐。

你的出生，还延伸了我的生物学存在，使记忆了我的信息的基因可以在这个星球上持续地存在下去。人来到这个世界上，迟早都会离去的，但因为你，爸爸即使离开了，却还有一些东西留着，这会让爸爸觉得很安心很自豪呢。

你还让我学会了爱自己，不以自己的牺牲来换取对你的控制的权利。有些不那么会做父母的人，把自己弄得惨兮兮的，他们会对孩子说，为了你，我舍不得吃、舍不得穿、拼命地工作，等等。他们这样做，实际上是想操控孩子，使孩子丧失维护自己权利的伦理立场和道德勇气，对父母哪怕是无理的要求，都无条件地服从。我从来不认为父母都是对的，父母都是从孩子慢慢变成的，既然孩子可能犯错误，变成了父母后同样也会犯错误；怎么可能一变成父母就不会犯错误了呢。而且，没有人天生就是好父母，任何人都必须向自己的孩子学习，才能慢慢地变成好父母的。所以孩子应该是父母的老师啊。

我永远都不会跟你谈孝顺爸爸妈妈的事。因为我觉得，如果在你小时候我们对你很好的话，我们老了你自然会对我们好的；我不想把这样自然而然的事情，当成伦理道德的压力施加给你。就像我会自然而然享受美食，而不必总是给自己强调，不吃饭就会死去一样。自然的力量是很强大的，把孩子对父母的自然的爱，硬性规定成一个道德准则，是大家犯的一个最为愚蠢的错误。我甚至不会对你说将来要对你的公公婆婆好，因为我知道，一个心中有自然而然的爱的情感的人，也会自然而然地爱她的爱人的亲人。这样的爱，可以给你幸福，也可以使跟你有关的人幸福。

你一定要问，这个世界上为什么有那么多对父母不孝的人呢？爸爸告诉你，孩子的不孝，是继发性的、反应性的。简单地说，一个孩子如果在小时候没有得到父母高品质的爱，那他或者她也就没有爱的能力，所以就对父母也没有爱了。孩子出生时几乎就是一张白纸，爱和恨的能力，都是后来学会的，而学习的主要对象，就是父母。

抚养你的确是一件很辛苦的事情，你的一切都会成为我们担忧的焦点：成长、健康、饮食、安全、交友、学习、游戏，还有以后的专业、工作、择偶、婚姻和生育。从你的祖父辈那里我们知道，这可是一个没有尽头的艰辛旅途呢。但你不必内疚，我想说的是，你带给我们的快乐，带给我们的活着的意义，远远超过了我们付出的辛苦。

人生美好的地方之一是，你经常需要作出选择，而且，你事先并不知道，你的选择是不是最好的。这样的有点"冒险"的感觉，会极大地增加活着的乐趣。亲爱的小人，作为爸爸，我会极大限度地让你享受选择的快乐。现在你已经8岁，只要在起码的、必须强制执行的规范内（比如法律和基本礼貌），你愿意的事情，我都只提建议、提供选择的可能性，最后都让你自己作出决定。而且我坚信，你会作出对你最有利的决定的。在你 18 岁以后，我建议的话都会更少说了。当然，如果你主动征求我的意见，那你要我说多少，我就说多少。人生在世，如果重大事情都是别人——哪怕是父母——说了算的，那活着还有什么乐趣？的确，每个人的选择都有错的可能，但是，自己的错误选择，不管怎样都比别人代替自己作出的正确选择要好。就像下棋一样，你旁边站着一个世界冠军，他不断地指挥你下棋，他的指挥绝大多数都比你高明，但是，你如果都听了他的，那你不过是他的傀儡罢了，你下棋还有什么意思？所以别理他，听自己的，是输是赢已经变得不重要，重要的是——这是我自己在下棋！

选择之后，就要承担选择的后果了。如果选择正确，享受成功的快乐，应该没有什么问题。但另一种可能是要承受失败的痛苦和压力。其实这也没什么，人生如果只有成功和喜悦，那也会很无趣的。人生的真正快乐，多半来自于一些具有较大反差的情感体验，任何单一的情感体验，都会使人生这场筵席变得低廉和乏味。请记住，爸爸会祝你成功快乐；但是，如果你的选择错了、失败了，爸爸永远都在那个可以让你休息和疗伤的地方等着你，你愿意修养多久就多久。等你重新振作起来的时候，再鼓励你上路。爸爸决不会在你遭受挫折后的任何时候趁火打劫说：当初你要是听爸爸的，就不会有今天这样的状况了。爸爸既然已经准备好分享你的成功和幸福，也就同时做好了分担你的失败和悲伤的打算。好朋友都会这样做的，何况我是爸爸呢？

人生最大的选择，也就两个：事业和婚姻。其他的选择，都是围绕着这两个核心展开的。亲爱的小人，到了你选择专业方向的时候，你已经都成年了。爸爸会基于对你本人和对各个专业的了解，对你提出建议，最后让你选择自己最喜欢的。一个人一辈子最幸福的事情，莫过于做一件自己爱做的事情，并且还可以通过这件事养活自己和获得荣誉了。我可不愿意你错过这样的幸福而代替你作出决定。爸爸现在就是因为从事着自己喜欢的职业而幸福着，因为爸爸现在的职业，就是爸爸自己完全根据自己的喜好选择的。告诉你啊，这个职业虽然很辛苦，但爸爸一直都很高兴地工作着呢。

　　婚姻是个人生活方面最重要的事情。到你谈婚论嫁的时候，已经比决定专业方向的时候更晚了，你也更加成熟了，所以爸爸应该更少说话了。跟专业选择相比，你的婚姻更加应该由你自己决定。从人生的大背景来说，爱情和婚姻，是人投注情感最多的地方，所以也是最有趣的地方。如果这件事都是被人幕后指挥决定的，那人生还有什么有趣的事情啊？很多人的父母，代替孩子决定婚嫁对象，实际上是剥夺了孩子人生的快乐。这样的父母很自私呢：相当于让自己享受了两辈子的选择的快乐，而让自己的孩子一辈子也没活过。一个人活着的价值，就在于自己可以作出选择啊。

　　在你人生的所有重大选择上，爸爸都是最热情的观众。爸爸要再次谢谢你，在爸爸的下半生，你会演出如此吸引我注意力的戏剧给我看，这会使我远离孤独和无聊，而且在我的今生今世就已经延伸了我的生命。所以爸爸觉得，养儿养女，不是为了防老，而是为了观看自己的一部分，活得比自己更丰富、更精彩。

曾奇峰

丰子恺给孩子们的信

丰子恺，浙江桐乡石门镇人。中国现代画家，散文家，美术教育家和音乐教育家、翻译家，是一位多方面卓有成就的文艺大师。曾任中国美术家协会常务理事、美协上海分会主席、上海中国画院院长、上海对外文化协会副会长等职。

给我的孩子们：

我憧憬于你们的生活，每天不止一次！我想委曲地说出来，使你们自己晓得。可惜到你们懂得我的话的意思的时候，你们将不复是可以使我憧憬的人了。这是何等可悲哀的事啊！

瞻瞻！你尤其可佩服。你是身心全部公开的真人。你什么事体（事情）都想拼命地用全副精力去对付。小小的失意，像花生米翻落地了，自己嚼了舌头了，小猫不肯吃糕了，你都要哭得嘴唇翻白，昏去一两分钟。外婆普陀去烧香买回来给你的泥人，你何等鞠躬尽瘁地抱他，喂他；有一天你自己失手把他打破了，你的号哭的悲哀，比大人们的破产、失恋、心碎、全军覆没的悲哀都要真切。两把芭蕉扇做的脚踏车，麻将牌堆成的火车、汽车，你何等认真地看待，挺直了嗓子叫"汪——"，"咕咕咕……"，来代替汽笛。宝姊姊讲故事给你听，说到"月亮姊姊挂下一只篮来，宝姊姊坐在篮里吊了上去，瞻瞻在下面看"的时候，你何等激昂地同她争，说"瞻瞻要上去，宝姊姊在下面看！"甚至哭到漫姑面前去求审判。我每次剃了头，你真心地疑我变了和尚，好几时不要我抱。最是今年夏天，你坐在我膝上发现了我腋下的长毛，当作黄鼠狼的时候，你何等伤心，你立刻从我身上爬下去，起初眼瞪瞪地对我端详，继而大失所望地号哭，看看，哭哭，如同对被判定了死罪的亲友一样。你要我抱你到车站里去，多多益善地要买香蕉，满满地擒了两手回来，回到门口时你已经熟睡在我的肩上，手里的香蕉不知落在哪里去了。这是何等可佩服的真率、自然与热情！大人间的所谓"沉默"、"含蓄"、"深刻"的美德，比起你来，全

13

是不自然的、病的、伪的!

你们每天做火车、做汽车、办酒、请菩萨、堆六面画、唱歌,全是自动的,创造创作的生活。大人们的呼号:"归自然!""生活的艺术化!""劳动的艺术化!"在你们面前真是出丑得很了!依样画几笔画,写几篇文的人称为艺术家、创作家,对你们更要愧死!

你们的创作力,比大人真是强盛得多哩:瞻瞻!你的身体不及椅子的一半,却常常要搬动它,与它一同翻倒在地上;你又要把一杯茶横转来藏在抽斗里,要皮球停在壁上,要拉住火车的尾巴,要月亮出来,要天停止下雨。在这等小小的事件中,明明表示着你们的弱小的体力与智力不足以应付强盛的创作欲、表现欲的驱使,因而遭逢失败。然而你们是不受大自然的支配,不受人类社会的束缚的创造者,所以你的遭逢失败,例如火车尾巴拉不住,月亮呼不出来的时候,你们绝不承认是事实的不可能,总以为是爹爹妈妈不肯帮你们办到,同不许你们弄自鸣钟同例,所以愤愤地哭了,你们的世界何等广大!

你们一定想:终天无聊地伏在案上弄笔的爸爸,终天闷闷地坐在窗下弄引线的妈妈,是何等无气性的奇怪的动物!你们所视为奇怪动物的我与你们的母亲,有时确实难为了你们,摧残了你们,回想起来,真是不安心得很。

阿宝!有一晚你拿软软的新鞋子,和自己脚上脱下来的鞋子,给凳子的脚穿了,穿袜立在地上,得意地叫"阿宝两只脚,凳子四只脚"的时候,你母亲喊着"龌龊了袜子!"立刻擒你到藤榻上,动手毁坏你的创作。当你蹲在榻上注视你母亲动手毁坏的时候,你的小心里一定感到"母亲这种人,何等杀风景而野蛮"罢!

瞻瞻!有一天开明书店送了几册新出版的毛边的《音乐入门》来。我用小刀把书页一张一张地裁开来,你侧着头,站在旁边默默地看。后来我从学校回来,你已经在我的书架上拿了一本连史纸印的中国装的《楚辞》,把它裁破了十几页,得意地对我说:"爸爸!瞻瞻也会裁了!"瞻瞻!这在你原是何等成功的欢喜,何等得意的作品!却被我一个惊骇的"哼"字喊得你哭了。那时候你也一定抱怨"爸爸何等不明"罢!

软软!你常常要弄我的长锋羊毫,我看见了总是无情地夺脱你。现在你一定轻视我,想道:"你终于要我画你的画集的封面!"

最不安心的,是有时我还要拉一个你们所最怕的陆露沙医生来,叫他用他的大手来摸你们的肚子,甚至用刀来在你们臂上割几下,还要教妈妈和漫姑擒住了你们的手脚,捏住了你们的鼻子,把很苦的水灌到你们的嘴里去。这在你们一定认为太无人道的野蛮举动罢!

孩子们,你们果真抱怨我,我倒欢喜,到你们的抱怨变为感谢的时候,我的悲哀来了!

我在世间,永没有逢到像你们这样出肺肝相示的人。世间的人群结合,永没有像你们样的彻底地真实而纯洁。最是我到上海去干了无聊的所谓"事"回来,或者去同不相干的人们做了叫做"上课"的一种把戏回来,你们在门口或车站旁等我的时候,我心中何等惭愧又欢喜!惭愧我为什么去做这等无聊的事,欢喜我又得暂时放怀一切地加入你们的真生活的团体。

但是,你们的黄金时代有限,现实终于要暴露的。这是我经验过来的情形,也是大人们谁也经验过的情形。我眼看见儿时的伴侣中的英雄、好汉,一个个退缩、顺从、妥协、屈服起来,到像绵羊的地步。我自己也是如此。"后之视今,亦犹今之视昔",你们不久也要走这条路呢?

我的孩子们!憧憬于你们的生活的我,痴心要为你们永远挽留这黄金时代在这册子里。然这真不过像"蜘蛛网落花",略微保留一点春的痕迹而已。且到你们懂得我这片心情的时候,你们早已不是这样的人,我的画在世间已无可印证了!这是何等可悲哀的事啊!

《子恺画集》代序,一九二六年耶诞节作

冯玉祥训子书

冯玉祥，原名冯基善，字焕章，原籍安徽巢县（今安徽省巢湖市夏阁镇竹柯村）人，寄籍河北保定。民国时期著名军阀、军事家、爱国将领、著名民主人士，国民革命军陆军一级上将。

洪国爱儿：

前天得你来禀，知你已到北平，在你伯母家住了。你信中说被父亲责罚之后，面子上觉得难看，似是无颜见人。我曾告诉你过古时辕门斩子之故事，当时若非余太君以母子之情保之，恐宗保不免一死。于此可见先贡之先公而后私，又可见非如此不能使大家都知道国法人情不能不兼顾之道，决非宗保之父无父子之情，更非宗保之父不给宗保留脸也。此中重要之点，尚希吾儿于读史之时，看戏之时，得些深的教训，以其有益于你的为人和立身也。你觉得无颜面见人，便是你"知耻近乎勇"的好关键。希望你时时刻刻知道要做错了事，人家便要看不起你，如此则不可不谨慎不小心也。你的生性是很纯很厚，只是读书的根基太浅，又加上近十年来，你日日过的逃难生活，所以不免学些"一瓶不满半瓶摇"的东西。你把这几年所遇见的事一条一条的写出来，则知道一切欺骗、幼稚、虚伪、自哄等等，真是不对了。谁无父母？若一切不讲，直是乱说乱来，结果则成为今日不堪设想之局面。张先生对我说，他本是革命党，后来在北平被抓，当中坐审案的就是曾负责任的同党，而今转变了的，抓人的亦是陪审的。于是他才知道有的人不革命、假革命，而到了紧急关头，反倒出卖了革命。此点关系太大，你能留心于此则对人对己就有了准备了。你喜欢周济苦朋友，我是最喜欢不过的。但是须要认清他是真正贫苦真有危难方可助之，不可帮那任意胡为的人为要。你能在北平找点小事作很好，可是你要特别小心。北方多数军官，曾为我的旧友，你如果能约束你自己，勤朴好学，诚实可靠，则必无一人不愿助你成功。

然你若不自检束，放荡起来，则不但你的事难成，反之代我买许多骂名。国儿！国儿！你要切实记念此语！为你能升陆大起见，你能在北平抽暇补习功课为最好。只要你立一个坚决志向，定然有成功之一日。你父年过半百，尚每日到陆大听课，吾儿能升陆大读书，可算雪父之未入陆大之耻矣。国儿！国儿！盼你努力上进！你的婚姻的事，为父向来主不干涉主义，然而至今已悔之不及。深愿吾儿念及为父老矣，两鬓斑白，行将就木之人跟你也跟不了几年还有什么希望，只是希望你作一个忠于国家民族的大人物，而对于你的本身的事，有个确定的打算。至于你的几个弟弟妹妹，虽然是个人许他自立，但是不能不望作哥哥一面给他们些好样子看，一面还不能不希望你处处留心帮他们的忙呢！此语亦很重要，望你留心！以上各条、拉杂书之，盼你好好的记着，余不多嘱。

冰夫致女儿的信

冰夫,原名郭宏宇,字云霏,"60后"。中国文字著作权协会会员,中国儿童文学研究会会员,辽宁省作家协会会员,辽宁省儿童文学学会理事,铁岭市作家协会副主席,铁岭市儿童文学学会副会长。出版长篇作品与文集40余部,发表中篇、短篇作品千余万字,收录各种文集作品百余篇;荣获期刊年度优秀作品奖等奖项20余次。

琳琳:

接到被保送重点中学通知时,正是你十四岁生日。你从三千里外的徐州写信告诉我这一喜讯,我十分激动地告诉你:"明天,爸爸准到徐州为你庆贺。"

经过二十一个小时的焦急和劳累后,我刚走出收票口就听到了你清脆而激动的呼唤。你挤上前来拉住我的手说:"爸爸,我今天三喜临门,能玩个通宵吗?"

我很欣慰地答应了你。因为我知道你说的三喜是什么:一是被保送重点中学,二是见到了久别的爸爸,三是你的生日。更能理解你要玩个通宵的原因:你是想放纵一下自己的心情。

相信生活中,我们每个人都有过这样兴奋的时刻。比如我上初中时的第一篇文章发表,接到样刊的当天夜里,虽然没有这么繁华的都市放纵自己,但躺在炕上遥望窗外的满天星斗,整整一夜没有合眼。我是把那份心情放纵在了星空上。

我不会忘记上高中时夜宿微山湖,头上顶着星月,和伙伴们划着从渔民那里借来的小船,高唱着"西边的太阳就要落山了,微山湖畔静悄悄"的情景。在那份纵情之中我们仿佛真成了英雄的铁道游击队员。还不会忘记,暑假时和小伙伴们上山捉蝗虫烧烤着吃,不小心把农民伯伯晒干的柴草给点着了。大火没救灭,我们一个个被弄得像刚从战场上败下来的残兵,只好掏出兜里的零用钱找到那位伯伯赔礼道歉的画面。还有捉住青蛙拧下大腿回到家用豆油炸着吃,结果挨了爸爸一顿教训,还被警告"青蛙是人类的朋友，不许伤害"的印象。如今，那些最没面子的事都成了美好的记忆。

而今夜对你来说，不正是如此吗？我有什么理由反对你呢！

我们小时候那些刺激和浪漫的时刻，都发生在没有父母约束的时候。我今天虽然陪在你身侧，决不约束你，任你放纵心情，还要为你出出点子，让你开心。

我随着你，你随着你的心情，蹦蹦跳跳在五光十色的城市中心。一会儿我们漫步在宽敞的马路上，你一朵朵地嗅着路旁鲜花的美丽和芳香，竟然还在一朵大红花上捉住了一只大蝴蝶；一会儿我们走进不夜城挨着风味小吃摊一样样品尝；一会儿我们走进游艺宫，你摸摸猪八戒的耳朵，薅薅孙悟空的猴毛，还吹口气看能不能变出小猴子，结果被猴毛迷了眼睛；然后我们又看电影去舞厅，让我欣赏你那青春火爆的现代舞，我看见你在眩目的闪光、震耳的音响、疯狂拥挤的人群中跳着喊着，是那样的活力而生动。六年小学生活，虽然不是很漫长很劳累，但你也在紧张中付出了很多的辛苦和努力。跳吧，唱吧，用这个纵情的夜晚为你的小学生活画一个圆满的句号。因为对你来说，这个夜晚是那样的壮丽而豪情。

尽管二十一个小时的旅行很不轻松，此时的我更是劳累不堪，骨质增生的颈椎早已隐隐作痛，但是，我仍然十分精神地为你的高兴而高兴着，为你的欢乐而欢乐着，为你的幸福而幸福着。女儿，为了在你生命中留下这个美好的夜晚，爸爸甘愿做你放纵的心情。

可你还是没能欢乐过整夜去，在黎明到来之前的黑暗中，幸福而疲倦地睡着了。

然而，此时此刻我不能不叫醒你，因为天已经亮了，早起的燕子已在床前鸣啭，你昨晚捉住的大蝴蝶也已展开翅膀，在阳台上盛开的花丛间翩翩起舞。昨夜对你来说是那样的不平常，而世界却很正常地来到了今天。昨天的成功和幸福已经成为你的历史。虽然那一切都值得永久的自豪和庆贺，但我们不能在昨天的成功和幸福里大睡不醒，因为今天已经到来，属于你的新成功和新幸福正焦急地等着你去迎接。放纵一下就该收束了。

　　"只有知道收束的人，才有资格纵情；只有知道在早晨迎接新一天的人，才有资格享受昨夜的绚丽"。在你未来的人生中，还会有许多像昨天那样的夜晚，但一定要在黎明前收住那分放纵的心情，和太阳一同起床，而且不虚度每分每秒。

爸爸
1999 年 6 月

苏霍姆林斯基给儿子的信

　　苏霍姆林斯基，前苏联著名教育实践家和教育理论家。他从 17 岁即开始投身教育工作，直到逝世，在国内外享有盛誉。1948 年开始担任帕夫雷什农村中学校长。自 1957 年起，一直是俄罗斯联邦教育科学院通讯院士。1968 年起任苏联教育科学院通讯院士。1969 年获乌克兰社会主义加盟共和国功勋教师称号，并获两枚列宁勋章、1 枚红星勋章、多枚乌申斯基和马卡连柯奖章等。1970 年去世，享年 52 岁。

亲爱的儿子，你好！

　　你请我就如何经济地和合理地（这完全正确——合理地）利用时间给你提些建议。你抱怨说："工作一件紧接着一件，转眼间一天就过去了。原定要做的事情结果没有做完。"从你的来信中，我清楚地知道，在你的身上，压着一大堆要做的事，就像你说的那样，来不及读完建议你读的书。根据我的经验，向你提出几点建议：

　　1. 第一位的和最主要的（关于这一点，早在去年我就写信给你说过），就是善于在听课过程中节约并积累时间。如果不善于听课，会导致大学生在脑力劳动中出现"紧急动员"的时候。测验与考试的前几天，他就一股劲地死啃课堂笔记本，在测验的时候，就开夜车，一昼夜只睡两三小时。他把每天应当做完的工作都堆积到这"紧急日子"里来做。据我计算，这种"紧急日子"、"紧急动员"的日子，一年之中加起来，不少于五十天，这差不多是全年工作时间的 1/4。这里隐藏着时间不够的一个最主要的根源。必须防止这种"火急地"、昼夜不眠地啃课堂笔记的做法。要学会在课堂上思考大纲，每天复习笔记，哪怕只用两小时也好。我建议你把笔记分成两项：第一项内记上简要的讲课内容，第二项内记上需要思考的问题，这里要记中心的主要的问题。这是个构架，这门课程的全部知识都联结在这个构架上。这些构架似的问题需要每天去思考。与思考相关联的就是每天要阅读，这是我过去说过的。如果你能按照这个要求去学习每门课程，那你就不会有"紧急动员"的日子了，也就不需要在考试和测验前死啃笔记了。课程的构架是一个独特的大纲，在它的基础上再去记忆这门课程的全部材料。

2. 如果你想有充裕的时间，那你就要天天读书。每天你要仔细阅读几页（4—6页）科学文献，这些文献资料在某种程度上与教学科目都有联系。集中精力阅读，深入思考。你所阅读的内容，就是你用以治学的基础，基础越牢固，越雄厚，学习越容易。你每天读的东西越多，你的时间储备就越充足。因为在你阅读的东西之中，有千百个接触点，这些点同你在课堂上所学的材料连接起来。我把这些接触点称之为记忆的锚。它们把必须学到的知识同围绕人的知识的海洋连接在一起了。要学会强迫自己每天读书，不要把今天的工作放到明天去做。今天丢弃的东西，明天怎么也补不上了。

3. 要从早晨6点钟左右开始你的工作日。5点30分起床，做早操，喝一杯牛奶（不要养成喝茶的习惯，成年以后喝也来得及），吃一个圆面包，开始工作。如果你习惯了自己的工作日从6点开始，那就要再努力提前15—20分钟着手工作。这是良好的内在动因，能促进整天的工作效率。

清晨起来，上课以前，用功一个半小时，这是黄金时间。凡是早晨我能做到的事，我都要把它做完。30年来，我一直坚持从早晨5点钟开始自己的工作日，一直工作到8点。30本有关教育学方面的书，以及三百多篇其他方面的学术著作，都是利用早晨5点到8点的时间写成的。我已经养成了脑力劳动的节律；即使我想在早晨睡觉，也做不到，因为在这个时间我要全身心从事脑力劳动。我建议你用早晨一个半小时去完成最复杂的创造性的脑力劳动。去思考理论的中心问题，钻研艰深的论文，写专题报告。如果你的脑力劳动带有研究的成分，那只能利用早晨时间去做它。

4. 要善于制定自己的脑力劳动的制度，这具有多方面的意义。我是指事情的主次关系而言。主要的事情要善于安排时间去做，不要把它挤到次要的地位上去。主要的事情要天天去做。要确定哪些是最重要的学术问题，你能不能成为工程师，要靠对这些学术问题的理解程度。一系列的问题是相互渗透的，它们贯穿在许多学科之中。主要的学术问题，应当利用早晨脑力劳动时间放在第一位去钻研。要善于寻找那些有关主要学术问题的最基本的书籍、科学著作，并且仔细认真地去钻研它们。

5. 善于给自己创造内在的动因。在脑力劳动中，许多事情并非都是那么有趣，都是你非常想去做的。平日经常的也是唯一的动因就是工作需要。脑力劳动正是从此开始的。要善于把思想集中在理论的细节上，而且要集中到这样的高度，以至渐渐地把"我需要"变得"我想要"。最有趣的工作总要放在工作快结束时去做。

6. 书刊的大海包围着你。在大学年代，必须很严格地选择你要阅读的书刊。求知心切，酷爱学习的人想读所有的书。然而这是不可能的。要善于限定阅读范围，超出这个范围，那就要违反劳动制度。但是同时也要记住，随时都会出现你预先未列人计划的必读的新书。这就需要有备用时间。正像我已经写给你的那样，这些备用时间是由于善于进行课堂学习，善于做笔记并防止了"紧急动员"而挤出来的。

7. 要善于对自己说：不。大量的活动围绕着你。有科学小组、文艺活动小组、运动队、舞蹈晚会以及许多可以消磨时间的俱乐部。你要善于在多种多样的具有诱惑力的活动中作出果断的抉择，因为假如参与活动过多必定会给你带来很大的损害。娱乐和休息都是必要的，但是不能忘记主要的东西：你是个劳动者，国家在你身上花费了许多钱，因此，占第一位的不应该是跳舞，而应该是劳动。为了休息，我建议你下下棋，阅读一些文学作品。在极度寂静中聚精会神地下棋，这是调节神经系统，使思想条理化的最好方法。

8. 不要虚度时光。我指的是空谈，白白地浪费时间。时常有这样的情况：几个人坐在办公室里，像俗话说的那样，扯起闲篇来了。一个小时、两个小时过去了，什么事也没有做，在这种闲聊中，什么高明的见解也谈不出来，而时间却一去不复返。要善于把自己和同志们的谈话变成充实自己精神世界的源泉。

9. 要学会减轻自己以后的脑力劳动，我指的是要善于建立未来的时间储备。我的方法是必须养成系统地记笔记的习惯。我现在有 40 本笔记。每一本笔记都是用来记载关于教育学的某个专题方面的思想，这些思想既是清晰的，又仿佛是昙花一现的（这些思想"习惯"于只在头脑中出现一次，不再复现）。我在笔记中记载了我所阅读过的某一方面问题的最有趣的、最鲜明的思想。所有这些都是将来有用的，都能很好地减轻脑力劳动。我知道你也有笔记，但没有形成制度，要建立记笔记的严格的制度，这样将来这些积累必定会有助于学习。

10. 对于每一件工作，都要寻找最有效的脑力劳动的方法，避免公式化和老套子。要不惜花费时间去深入地思考那些同你有关的事实、现象和规律的实质。你对问题思考得越深刻，记忆就越牢固。在没有理解之前，就不要费心去记它，这样做会白白地浪费时间。一看就懂的东西，不必细读，浏览一下就行了。不深入地草草阅读那些尚没有理解的东西是不行的。任何"走马观花"、"不求甚解"都会迫使你不得不回过头来对某些事实、现象和规律，不得不多次回过头来予以重新认识。

11. 如果住在一个房间里的人们不能达成协议去共同严格遵守某些要求，任何个人的脑力劳动都不能顺利进行。因此首先必须严格地约定，在一定的时间内严禁聊天、争论或做破坏宁静的事情。在集中精力从事脑力劳动的时间，每个人都必须完全独立地进行工作。

12. 脑力劳动要求逻辑思维和形象思维互相交替进行。你可以交替地阅读科学文献和文艺书籍。

13. 要改掉某些坏习惯，我说的是：像开始工作之前闲坐15 分钟、20 分钟；毫无必要地去翻阅明明不需要阅读的书本；睡醒了，在被窝里再躺 15 分钟等等不良习惯。

14. "明天"，是勤劳的最危险的敌人。任何时候都不要把今天该做的事情搁置到明天。而且应当养成习惯，把明天的一部分工作放到今天做完。这将是一种良好的内在促进因素，它对整个明天都有启示作用。

15. 任何时候都不要停止脑力劳动，哪怕一天也不要停。夏天不要丢开书本。每天都需要用知识珍品来充实自己，这是脑力劳动所必需的时间来源之一。

这就是 15 条建议，也可以叫戒律，我认为，这 15 条是每个大学生都应当遵守的。

祝你身体健康，精神愉快！

你的父亲

曹禺写给女儿的信

　　曹禺，原名万家宝，字小石，汉族，祖籍湖北潜江，生于天津一个没落的封建官僚家庭，是中国现代杰出的戏剧家，著有《雷雨》、《日出》、《原野》、《北京人》等著名作品。曹禺是"文明戏的观众，爱美剧的业余演员，左翼剧动影响下的剧作家"（孔庆升：《曹禺论》，北京大学出版社，1986年），这句话大致概括了曹禺的戏剧人生。

　　小方子，你不能再玩了，爸爸心里真着急。这么大岁数，不用功写作，还不能"迷"在创作里，将来如何得了？我以为人活着总要有一点比较可以自豪的内在的理想，万不能总想着有趣好玩之事，要对爸爸说真话，要苦用功。必须一面写作，一面争取多从真实生活中找素材，积累素材。素材要记下来，一句话，一个人物，一点小故事，分门别类地记。日后要拿出来看，要想。不然记过的东西也等于白记。每晚回家不能创作时，就把一天的材料用心写下来，订成一本。你最好买个活页本，这样更方便。

　　方子，我不是说要你做个苦行僧，但必须有志气，你喜欢干的事情看准了，就要坚持下去。为自己选择了的道路去苦干。

1981 年 10 月 9 日

　　我以为人生只此一次，不悟出自己活着的使命则一事无成，势必痛悔为何早不觉悟，到了一定年龄便知这是真理。

　　这几年，我要追回已逝的时间，再写点东西，不然我情愿不活下去。爸爸仅靠年轻时写了那一点东西维持精神上的生活，实在不行。但创作真是极艰苦的劳作，时常费日日夜夜的时间写那一点东西，一遇到走不通想不通的关，又得返工重写。一部稿子不知要改多少遍。当然真有一个结实的大纲与思想，写下去只是费时间，倒不会气馁。

　　最近读了"贝多芬传"，这位伟大的人激励我。我不得不

26

写作，即便写成一堆废纸，我也是得写，不然便不是活人。

——1982 年 2 月 9 日

　　我一生都有这样的感觉，人这个东西是非常复杂的，又是非常宝贵的。人，还是极应当把他搞清楚的。无论做任何事情，写作，做学问，如果把人搞不清楚，看不明白，这终究是一个极大的遗憾。

　　爱因斯坦说，"热爱是最好的老师"。他说自己一生的成就都得益于此。我想加一句："着迷是最好的朋友。"希望你能真正在创作中得到平静快乐的心情。

——1982 年 6 月 10 日

　　天才是"牛劲"，是日以继夜的苦干精神。你要观察，体会身边的一切事物，人物，写出他们，完全无误，写出他们的神态，风趣和生动的语言。不断看见，觉察出来，那些崇高的灵魂在文字间怎样闪光的。必须有真正的思想。没有思想便不成其为人，更何况一个作家。其实向往着光明的思想才能使人写出好东西来。卑污的灵魂是写不出真正让人称赞的东西的。

　　生活中往往有许多印象，许多憧憬，总是等写到节骨眼儿就冒出来了。要我说明白是不可能的，现在不可能，写的时候也不可能。

　　我的话不是给木头人、木头脑袋瓜写的。你要常想想，揣摩一下，体会一下，看看自己相差多远。杰克·伦敦的勇气志气与冲天干劲，百折不回的"牛劲"是大可学习的。你比起他是小毛虫，你还不知道苦苦修改，还不知道退稿再写，再改。再改，退了，又写别的，写，写，写不完地写，那怎么行？

——1983 年 7 月 13 日

托尔斯泰致女儿的一封信

托尔斯泰，俄国作家、思想家，19世纪末20世纪初最伟大的文学家，19世纪中期俄国伟大的批判现实主义作家，是世界文学史上最杰出的作家之一，他被称颂为具有"最清醒的现实主义"的"天才艺术家"。主要作品有长篇小说《战争与和平》、《安娜·卡列尼娜》、《复活》等。

我亲爱的孩子谢辽莎和塔尼雅，我希望并且相信你们不会责备我不曾召约你们来——不叫妈妈而只召你们来，一定会使她和你们的另外的几个弟兄感到非常难受。你们两个以后都会明白，我已经写信去召请的契尔特科夫在我心目中是占有一种特殊的地位的。他一生都献给了在我也只不过是在最近四十年才献身的那个事业。而且问题还不在于这个事业对我可贵，而在于我认为——不管我是错的还是对的，它对于一切人（包括你们在内）都有很大的重要性。感谢你们对我的良好态度，不知道我现在是不是正在向你们告别，不过我感觉到有把以上这些说出来的必要。我还想给你，谢辽莎，补充一句忠告，希望你好好想一下自己的生活，想一下你究竟是什么样的人，你究竟是什么，人生的意义究竟何在，每一个头脑清醒的人又应该怎样度过一生。你所学到的一些达尔文主义、进化论和生存竞争之类的观点并不足以给你说明你生活的意义，也不会给你任何行为的指南，而缺乏对生活的价值和意义的解释，以及由此而必然产生的指南，生活就只不过是一种可怜的生存而已。想想这个吧，因为爱你，所以在看来已经到了临死前夕的时刻要向你们说几句话。

再会。设法安慰妈妈，我对她怀着最真诚的的同情和爱。

爱你们的父亲
列夫·托尔斯泰

奥格登·纳什致女儿的信

奥格登·纳什，美国诗人。他以其韵律怪异、结构奇特、含有淡淡讽刺意味的诗歌而成名。他常常把不整齐的长句和短句成对排列，同时蔑视所有的韵律规则。他的大部分诗歌首次发表在《纽约客》上。主要作品有《自由旋转》、《享乐之路》、《面熟》等。

我可爱的女儿们：

我真希望你们能同我们一起在这里，下次我们一定把你们也带来，所以你们要记住多学礼貌并学会吃各种类型的食物。巴黎有许多孩子，还有许多公园，而且每个公园里整天都有许多男孩子和女孩子在骑自行车、滑旱冰，或者踢足球和玩其他的游戏。而且我觉得，尽管巴黎的每个人都有一条狗，但没有一条狗像斯潘格那样漂亮。美丽的塞纳河正好从市中心穿过。我和你们的妈妈曾经数过，河上有 22 座桥。难道你们不觉得你们在这里会感到非常有趣吗？和所有的法国人一样，法国孩子非常有礼貌，我保证你们会非常喜欢与他们一起玩耍的；所以，利内尔，你必须多留心观察你的法语教师，这样就可以学得更快，以便你来这里后能更好地理解法文，你也可以教伊莎贝尔一些你所学到的东西。

巴黎是一个非常古老的城市，这里有许许多多有趣的东西值得看。今天我和你们的妈妈看了一处非常美丽的建筑。它是1600 多年前由罗马人开始建造的，它的名字叫克卢尼。我们也去了卢浮宫这个充满最美丽的绘画和雕塑的博物馆。许多年以前，法国历代国王和王后都住在那里，直到法国人民愤怒起义，砍掉了他们的头。

今天下午，我们去了座落在塞纳河中央的一个岛上的一座美丽的教堂——巴黎圣母院，教堂名字的意思是：我们的圣母

29

教堂。它已有 900 多年的历史了，教堂很高，以至于我们几乎看不到它的顶部。教堂的窗户是用彩色玻璃做的，有红色、蓝色、黄色、绿色和紫色，所以玻璃把光投射到墙上就像彩虹一样。有一位非常好的法国皇帝，他生活在 700 年前，后来成为圣路易，他就被埋在那儿。告诉迪莉娅，在那里，我们替你们每个人给圣母玛利亚献了一支蜡烛，并且我们将从那里给她带回一串念珠。我和妈妈后来爬上了高塔，当我们爬到塔顶时，感到非常累，但却非常有趣——一些可怕的奇形怪状的石刻滴水嘴正对着我们。当我们俯视脚下的巴黎时，发现它十分美丽。我们能看到一段数英里长的河流、河上的桥以及可爱的古老建筑。这儿比国内暖和一些，但有时浓雾弥漫，就连出租车司机都会迷路。昨晚，三辆出租车开出街道，开进了切普斯·艾利瑟斯街的街心喷泉池中，博普会给你们讲这件事。车上的乘客们身上一定是湿漉漉的，很不舒服。

我想你们一定喜欢法国的火车。我们乘火车从哈佛尔到巴黎。那列火车与加斯东和约瑟芬他们去美国时乘坐的火车很相似。引擎发出“吱吱”声而不是“嘟嘟”声，而且服务员们都彬彬有礼。

你们也一定喜欢船。船上有一个小剧院，每天下午给孩子们演木偶剧，而且甲板上有足够的空间让孩子们跑来跑去玩耍。有时候，风刮得很厉害，海浪汹涌，船就会有些摇晃，但这很有趣，就像坐在秋千上。在我们的旅行中，有一个名叫吉拉·布斯塔波的女孩，年仅 14 岁，不过她已非常有名气，因为她的小提琴拉得非常好。有一天晚上，在节日音乐会上，她为我们演奏，我们每个人都出了钱用以帮助那些老水手。法国水手们脸色红润，说话很快，我觉得他们不会变老，真的，所以我无法肯定谁得了那些钱。

我还要告诉你们，无论你们什么时候沿着塞纳河岸走，你都能看见许多老人拿着很长的鱼竿钓鱼。我想他们什么也没有钓到，但他们很愉快，因为他们觉得那儿有鱼，那么他们就有希望钓到鱼。等你们来到这儿和我们一起时，我们也去试试。也许我们将捕到在此被人们捕到的第一条鱼。

我爱你们俩，亲爱的。不要忘记我。

爸爸

1939 年 2 月 6 日

尼赫鲁在狱中写给女儿的信

尼赫鲁，印度独立后首任总理、圣雄甘地的忠实信徒，其培育的尼赫鲁王朝至今影响印度政坛。尼赫鲁也是第三世界不结盟运动创始人之一，在思想上接受资本主义制度、执行社会主义政策。

你知道，亲爱的孩子，我是多么不喜欢说教，或施舍什么忠告……如果我说出听起来像是忠言的话，不要像吞苦药一样接受它。想象我给你提出建议，让你思考，就像我们真正在谈话一样。

但你为什么突然为一些我并不知道的事而道歉？原谅并忘掉——原谅什么？忘掉什么？朋友之间不存在原谅和忘掉的问题，我希望你和我成为朋友，虽然同时你碰巧又是可爱的女儿。最重要的是互相理解。

为人父母是令人好奇的现象。似乎他们在孩子身上又获得了生命。我有广泛的生活乐趣，有时候他们包围了我，使我陶陶然忘乎所以。但我却不能从家长这个先入为主的概念中解脱，对于你的成长以及生活准备怀着如此广泛的兴趣。我本人不能给你过多的帮助，然而这个事实并不减轻我的心理负担。还有，家长总是倾向于以自己的模式去塑造孩子，以自己的思想去影响孩子。在某种程度上我认为这是不可避免的。然而事实是每个人都有自己的特点，生活要给他们完全不同于他人的体验。把一个成长中的人强迫铸进某一个特定模式，只能使之变得荒谬可笑，影响其成长。萧伯纳曾把这叫做最伟大的罪过。因此我一直在试着不把自己的观点和生活方式强加于你，虽然不敢说有多大程度上的成功。我想让你以自己的方式成长和发展，只有这样才能达到你的生活目标。你也难免会继承下家庭生活在幼年给你留下的某些传统习惯和观点，我很满足地认为你的遗传背景是很好的。但以后的路要自己走。我经常问你对哪些学科感兴趣，这些问题的目的并不是要决定科目，而是要发现你的脑子里在想什么。只要你感兴趣，不论学习什么专业都关系不大。我最关心的是你本人……

我不能把我的理想强加于你，如果想把你的生活过得有价值的话，就得自己决定应该有什么样的生活哲学。

科学的重要性在于交给我们实验的方法，锻炼我们的大脑，以便把这个方法用于解决实际生活中的问题和困难，如果很多人得到科学的训练，这个世界上的非理性、野蛮和矛盾就大大减少。

由于你有明显的语言倾向性，就应该发展它，掌握语言，我们需要语言学家。

我自己选择的工作信条是决不守在安乐窝里。我总是不得不面对新的状况，常常感到自己重复不断地应付着生活抛掷过来的各种考试。它们来得突然，没有既定的课程，根本无从准备！对于我，生活已变成无休止地考验。我有时成功了，有时不那么成功。但奇怪的是，这种成功或失败的最终和真正的审判官是自己。

随着年龄的增长，大概或许我聪明一点，对于真正的教育越来越看重。你知道我指的并不是考试之类。我认为正确的知识训练对于有效地做任何工作都是至关重要的。但更为重要的是这种训练的背景——习惯，理想，观点，目的，内心和谐，合作能力，坚持真理的力量，无所畏惧的精神。如果一个人达到了这种内心的自由和无所畏惧之境地，这个世界虽然严酷如此，也难以压垮他。以这个世界的狭隘观念而言，他可能是不幸福，因为那些敏感的人极少赤裸裸地表达幸福，但损失并不巨大，因为有价值的东西，一种内心的满足感，代替了它的位置。

郁郁寡欢，暗中滋长不满是软弱和愚笨的表现，最缺乏做人的品格的。与人讨论，言无不尽，尽量理解另一方的观点，并把自己的观点告诉对方，这样就会消除错误观念，愤怒就会烟消云散，即使我们可能不同意对方的观点，我们如果接受另一方的好意见，双方为同一目标而努力，携手共进，通常是可能的，尽管还存在分歧。

不知道将来你要做什么。这么早决定既苦难又没有必要。但无论做什么，我总希望你能够做好，并且在这方面出类拔萃。我总是想让你在这个世界上扮演一个有价值的角色，充满生命力、智慧和想象力。我希望你会这样。

　　　　　　　　　　　　　　　　　　　爱你的爸爸

赫尔岑写给儿子的信

赫尔岑，俄国哲学家、作家、革命家。1812 年 4 月 6 日生于莫斯科古老而富裕的官僚贵族雅可夫列夫家。1829 年秋进莫斯科大学哲学系数理科学习。学习期间，他和朋友奥加辽夫一起组织政治小组，研究社会政治问题，宣传空想社会主义和共和政体思想。主要代表作品有《克鲁波夫医生》、《偷东西的喜鹊》等等。

亲爱的沙萨，在等候着你关于上周功课的报告时，我想给你写几个字。

你现在已经到了相当的年龄，穷人的孩子在你这样的年龄已经开始工作，而且担负很重的工作了。因此，我现在对你不是谈苏黎世，不是谈赛马场，而是谈谈这里法庭中发生的一件事。

你是听说过一个法兰西著名的思想家维克多·雨果的。昨天他的儿子被审判，因为他在杂志上写过一篇文章，在这篇文章中他认为处人死刑是可憎的。

他的父亲亲自给儿子作辩护，他预先知道他的儿子终归要被控诉并下狱的，所以他是这样结束了自己的话：

"我的儿子，今天人们使你有了伟大的光荣：你被认为是一个有资格为真理而受害的人了。从今天起，你才开始了真正的生活。在你这样的年纪已经坐上了从前贝龙热和沙多勃良坐过的那把椅子上，是可以骄傲的。祝你的意志坚强不屈，你已经向你的父亲学会了它们，你把它们贯注到血液里去。"

雨果的儿子被判了六个月的徒刑，当他和父亲一同从法庭中走出来的时候，等候着他们的民众围着马车，高呼："雨果万岁！"雨果回答："共和国万岁！"

你看，亲爱的沙萨，纵令父亲感到如何痛苦，他还是要把儿子交给监牢；然而对于他，这么一天却成为生活中一个最美好的日子了。你回忆一下小格里蒲尼吧，他也是为了真理、为了想使大家都好的愿望而受害的。而那些迫害人的人却审判着这些事，那些人只是自私自利。

必须做一个格里蒲尼，要么做一个布尔邦：要斗争，要牺牲自己，或者为自己的朋友而牺牲，或者和敌人奋战至死。然而做一个格里蒲尼不仅是崇高，而且是愉快的。你还记得，他在狱中习惯了老鼠、青蛙，还唱歌吗？他的良心非常坦白，他完成了自己的事业，而那个布尔帮呢，毒害了别人生命之后，苦恼、妒嫉、恐惧、羞愧。

因此我想将来要看着你走我已走过二十五年的那一条路。不要以为只是偶尔才碰上灾难的——不，必须准备进行任何的斗争。斗争如果没有来到——可以干别的；如果来到了——那么无论如何，要坚持真理、坚持你所爱好的，不管是出了什么事。

热吻你。

代为问候亚历山德娜·赫里斯姜洛芙娜。要尽量学习俄文，任何时候也不要忘记，你应当成为一个俄罗斯人。

爱你的父亲

关于为人处世 …

> TO BEHAVIOUF

翻开人世之道的秘籍

　　做一个什么样的人才算合格？得到自己的肯定，并得到他人肯定，这便可以。随着我们人生的进行，会不断地接触到各行各业的、各种各样的人和事。临场的随机应变，某一决策的深思远虑，无一不是我们应该学习的，而最重要的前提便是先做好自己。你怎样对待别人，别人就怎样对待你。在芸芸众生之中，做一个独特的人很容易。但如何让你的独特之处得到大众的肯定则是需要学习的。古人云：知己知彼，百战百胜。但关键是如何做到。去欣赏一下名人们是怎样向他们的孩子传授为人处世之道的吧，你一定会有丰厚的收获。

华盛顿写给侄子的一封信

华盛顿，1789 年当选为美国第一任总统，1793 年连任，在两届任期结束后，他自愿放弃权力不再续任，隐退于弗农山庄园。由于他扮演了美国独立战争和建国中最重要的角色，故被尊称为美国国父，学者们则将他和亚伯拉罕·林肯、富兰克林·罗斯福并列为美国历史上最伟大的总统。

亲爱的布什罗德：

你接到我的信也许会感到十分意外。但是，假如能达到我写这封信的目的，我想我所花的工夫就没有白费。你父亲对于你的节俭似乎极为赞赏，我希望你无愧于此。他在给我的一两封信中，曾提到给你汇款的难处。这究竟是出于他的经济拮据，还是由于你需求过大，我只能加以猜测。我希望不是后者。这是因为，一般的节俭，以及其他各种考虑——这些对于一个善于深思熟虑的人来说该是有分量的东西——都否定你提出的超过他的方便条件以及还要照顾他的其他几个孩子而给你汇款的要求；也因为你父亲在信中没有表明任何意见，可以使我能得出是因为你需求过大的结论。然而，当我想到青年人的缺少经验，想到城市对人的诱惑和城市中的腐化堕落，想到苛捐杂税和萧条的市场使我们弗吉尼亚绅士所陷入的窘境，我就不禁倾向于把你父亲给你汇款有难处这一点归因于这两方面。正因为这样，我才作为一个朋友向你提出如下忠告。

使你来到费城的那一目标不可须臾置诸脑后；记住不只是学习法律而已，而是要在这方面出类拔萃，从而将获得荣誉和福利；前者是你选择的专业方向，让后者成为你的雄心壮志，而挥霍浪费却是与二者都不相容的。交友使你受益最多，而花费却很少。对于交友我并非那样古板和严厉，料想你将要，或者认为你只应该总是与议员和哲学家们为伍；但我同时也要告诫你，在与少不更事的青少年们交往时，不可不注意选择。与人结识是容易的；但是，一旦定交，不管最后发现这些人是多么讨厌，多么毫无裨益，要想摆脱他们就难乎其难了。他们常常于无意中使你行为不检而陷于困境，令人既难受又丢脸。

对每个人都要以礼相待，而过从甚密者则要很少，而且对这些为数不多的人也要经过认真的考验以后，才能对他们推心置腹。真正的友谊就像一株生长缓慢的植物，必须经历和经受住风风雨雨逆境的考验。这样的友谊才是名副其实的友谊。

让你的心同情众人的痛苦和贫困，而当你动手解囊时却又要量力而行。时刻记住：寡妇捐出两文钱，虽然微薄，却难能可贵；然而求乞的人中不一定个个都值得施舍。可是，每个人都值得你探究一番，否则那些真正值得施舍的人就受损了。

不要认为衣着漂亮的人就是好人；正如羽毛美丽不一定就是好鸟一样。在有审美眼光的有识之士看来，朴素淡雅的服装比锦衣华服更加令人羡慕，更能得到赞许。

我想提的最后一件事，从重要性来说应该是居于首位的，那就是不要染上赌博的恶习。赌博是万恶之源，对赌徒来说，它既有损于道德，又有害于健康。赌博是贪婪之子，恶行之兄，灾祸之父。它使众多名门望族倾家荡产，它使许多人名誉扫地，它是招致自杀的原因。赌博对于所有参与者都具有强烈的吸引力。赢者想继续碰他的好运气，直到厄运降临；输者一心想挽回败局，却又每况愈下，直到越来越没有希望，丧失了全部家当。总之，从这个可憎的恶习中，绝少有人得利（即使赢得一些钱，也随处挥霍掉了），而万千人受害。

也许你会说，"我的行为举止本来就与您的规劝相符"，"您所列举的那些情况没有一样是适合我的"。诚如此，我将感到由衷地高兴。得知我的近亲走的是正确的人生道路，这将给我增添莫大的快乐。照这样下去，你不仅将赢得我的喜爱，也必定会获得国家所能授予的高位和厚禄。品学兼优而不获报偿者，那是罕见的。

你亲爱的叔叔
乔治·华盛顿
1783 年 1 月 15 日于纽堡

马克·吐温给小女孩的建议

马克·吐温，美国著名作家、幽默大师，也是著名演说家，19世纪后期美国现实主义文学的杰出代表。马克·吐温于1835年11月30日出生在美国密苏里州的佛罗里达乡村里贫穷律师家庭中，于1910年4月21日去世，享年75岁，葬于纽约州艾玛拉。威廉·福克纳称赞马克·吐温为"第一位真正的美国作家，我们都是继承他而来"。

给小女孩的建议：

面对老师轻微的冒犯，乖乖女不要每次都对老师做怪相。这种报复要在事态非常严重的时候用。

如果乖乖女什么都没有，只有一个塞满锯末的布娃娃，而你的一位小伙伴呢，幸运地有一个中国产的娃娃，价钱很贵，这时候的你还是要对她摆出友好姿态。抢换娃娃的念头不应该动，除非你良心过得去，嗯，你知道你可以的。

想拿弟弟的泡泡糖？永远都别正面交锋；给他下套吧，信誓旦旦告诉他你看到有两美元半搁在一块磨石上，磨石顺着河水飘走了。人生的这一时期尚且天真蒙昧，你弟弟会认为用泡泡糖换情报相当公平。在世界发展的长河中，这个几乎可乱真的经典谎言诱使多少愚钝的小毛孩破产啊！

每当你觉得有必要修理一下哥哥，任何时候都不要扔泥巴——永远都不要，不管什么情况。因为会弄脏哥哥衣服嘛。应该给他浇点开水，你就能得到满意的结果。因为这样他会立刻注意到你对他的谆谆教诲。而且热水有清洁功效，可以洗去身体的污垢。

有一点要牢记在心，布施给你食物的是你善良的父母，在你闹不舒服时也是他们给你旷课呆在家里的特权。所以你应该尊重他们小小的偏见，迁就他们小小的奇思怪想，忍受他们小小的缺点，直到你被逼得太紧忍无可忍之时。

乖乖女在老人跟前从来都敬重有加。决不要言语放肆，他们先无礼除外。

查斯特·菲尔德给儿子的忠告

查斯特菲尔德，英国著名政治家、外交家及文学家，曾就读于剑桥大学，并游学欧洲大陆。1726 年继承爵位，1728 年出使荷兰，任驻荷兰大使，1745 年任爱尔兰总督，1746—1748 年身兼国务大臣等职位，表现出了杰出的政治才干。他风流倜傥，是英国讲究礼仪的典范，备受当地人民的爱戴。

给儿子的忠告：

为自己立定目标

成功对我而言是快乐的基础。但要做个有成就的人，必须知道自己想成就的是什么？否则就会像在太平洋中驾船却没有指南针一样，随风飘荡，虚掷一生，却哪儿也没去成。

成功并不是做做梦就能达到的。定下目标只是第一步，第二步与第一步同样重要，就是计划如何达成目标。这计划必须谨慎构筑，有力执行，以取得成果。这听起来像是老生常谈，不过，令人惊讶的是，世上只有很少人认清：为自己制定目标及执行计划，是唯一能超越别人的可行途径。

持续不断

我不知是否有人在迈向成功的道路上从未跌过跤。有些人之所以比别人成功，在于当他们失败时，他们有毅力及勇气爬起来，重来一次。他们很早就从生活中学会没有"错误"这种东西，而只有"学习机会"。失败之所以是失败，是因你不再重新开始，而使失败成为定局。我常常失败，但那是我达成既定目标过程的一部分。

与其只为失败犯愁，不如仔细研究它们，其后，再试一下，直到做对为止。那可能会花上一段时间。举例来说，灯泡是个简单的东西，不过，爱迪生却试验了上万次才成功。

44

你能否想象告诉自己上万次："我今天失败了，但明天我会成功！"

紧守诚正之心

有人曾经问我，在我写给子女的信中，如果只能给他们一章，会是哪一章？我说："很容易，那一定是谈到诚正的那一章。因为不诚不正，你就没有人格，不会吸引我或千百个像我一样的人去理睬你。"我常和大学生谈话，令我吃惊的是，他们对诚正的重要性的认识是那么不足。他们认为必须走小路才能在事业上成功。我建议他们和那些在事业上已取得成功的人士多聊聊。对我而言，不管在生命的哪个阶段，你能拥有的最伟大物质，就是诚实。

果断下决定

最擅偷时间的就是"迟疑"，它还会偷去你口袋中的金钱。你得想得快一些，行动得快一些。然而，迅速和草率决定是不同的，对于前者，你得尽快得到必要的资讯，以协助你的决定。为了让资讯有助于决定，我常拿一张纸，从中间划一条线，正面因素放一边，负面因素放另一边，之后，以一到十来替每个因素打分数。它虽然不是一套很聪明的方法，但的确让我的脑袋清楚很多。

终生学习

希腊作家索伦说："活到老，学到老。"我一直以这句话勉励自己。但令我惊讶的是，很多年轻人在大学毕业之后，就不再学习了，正如他们所说："我已学完了足以让我生存下去的所有知识。"这话或许没错，但生存却不是我们的终极目的。如果我们希望成为能干而快乐的人，就需要充分发挥我们的能力。

不管何时我碰到要解决的问题，我都不会焦虑不堪，我会随时汇集手边任何可得的资讯，把它装进我的脑中，随着时间

45

的进程消化，沉淀这些想法，直到解答从我清晰的思虑中跳出。我所面对的问题也就迎刃而解了。唯一令我遗憾的是，我不是在 18 岁，而是到 48 岁时，才学会这法子。

学习从来不会停止，除非你打算脑袋空空地过完一生。

黑泽明给儿子的一封信

　　黑泽明，20世纪日本著名导演，被称为"电影天皇"。26岁进入电影圈，一生导演了31部电影，编写的剧本拍成了68部电影，获得了30多个奖项。美国著名导演斯皮尔伯格称他为"电影界的莎士比亚"。

孩子，你好：

　　你来信说立志为社会做一番事业，为父甚感欣慰。要为社会作出一番事业，需要做的事情很多，我认为，其中最重要的是先学会做人，以德立身。我想和你谈谈以德立身的一些问题。

　　以德立身贯穿于每个人的人生的全部过程，在人生不同阶段，道德对于人的要求虽有些不同的变化，每个人体验和经历的内容也不一样；但是，以德立身的人生支柱是不变的，它对每个人的人生大厦起着支撑作用的定律是不变的。

　　"德"是指一个人的品性、德行。不难想象，一个品行不端、德行糟糕的人是无法结识真正的朋友、获得长久的事业成功的。这样的人很难有人能与之长期合作，因为这种人不是搞一锤子买卖，就是过河拆桥；这种人在家庭中，也会作出不道德的事情，极有可能造成亲人和孩子的痛苦和不幸；他们甚至还可能因为某种利益的驱使铤而走险而落入法网……

　　要走向成功，需要以德立身，这是一个成功者必须明确的内在标准。没有这个内在标准，人生之路就会失去支撑，最终导致失败。

　　以德立身，必须以自律为前提。中国有句俗语："近朱者赤，近墨者黑。"在社会上，交缺德之友最终会成为自己成功道路上的定时炸弹。例如，明知这笔贷款不合手续，但因为对方是朋友，所以大开绿灯；明知道这个项目不能担保，因为受朋友委托，所以还是办妥了。诸如此类经济犯罪案件多数发生在年轻人身上，他们重朋友、讲义气，交往中自以为彼此很了解底细，因此在合作中绝对信任对方，毫无防备，不能办的事也不好意思拒绝。这样，将被缺德之人利用，自然会毁了自己的前程。

富兰克林是著名的科学家，一生受到了人们的爱戴和尊敬。但是，富兰克林早年的性格非常乖戾，无法与人合作，做事经常碰壁。

富兰克林在失败中总结经验，为自己制定了十三条行为规范，并严格地执行，很快为自己铺就了一条通向成功的道路。现将富兰克林为自己定制的十三条行为规范抄录如下，与儿共勉。

1. 节制：食不过饱，饮不过量，不因为饮酒而误事。

2. 缄默：不利于别人的话不说，不利于自己的话不说，避免浪费时间的琐碎闲谈。

3. 秩序：把所有日常用品都整理得井井有条，把每天需要做的事情排出时间表，办公桌上永远不凌乱。

4. 决断：决心履行要做的事，必须准确无误地履行所下定的决心，无论什么情况都不要改变初衷。

5. 节约：除非是对别人或是对自己有什么特殊的好处，否则不要乱花钱，不要养成浪费的习惯。

6. 勤奋：不要荒废时间，永远做有意义的事情，拒绝做那些没有多大实际意义的事情，对于自己的人生目标追求永不间断。

7. 真诚：不做虚伪欺诈的事情，做事要以诚恳、正义为出发点，如果要发表见解，要有理有据。

8. 正义：不做任何伤害或是忽略别人利益的事情。

9. 中庸：避免极端的态度，克制对别人的怨恨情绪，尤其要克制冲动。

10. 清洁：不能忍受身体、衣服或住宅的不清洁。

11. 镇静：遇事不要慌乱，不管是普通的琐碎小事，还是不可避免的偶然事件。

12. 贞洁：绝不做任何干扰自己或别人安静生活的事，也不要做任何有损于自己或别人名誉的事。

13. 谦逊：要向耶稣和苏格拉底学习。

对于富兰克林制定的十三条行为规范，希望儿子不妨试试，付诸做人的实践。这样你会得到快乐。若能始终如一地坚持下去，你会终生快乐。

良心是永恒的圣诞节，道德是铺就成功之路的基石。祝你成为一个道德高尚的人！

思念你的父亲

弗雷泽给儿子的一封信

弗雷泽，英国人类学家、民族学家、宗教史学家。曾任利物浦大学和剑桥大学教授。早年以研究古代文化史为主，因受泰勒《原始文化》一书的影响而转向人类学和民俗学研究，尤其重视从民俗学角度来搜集、整理涉及各地土著民族和远古原始民族的宗教资料，以对法术、禁忌、图腾等原始宗教现象的研究而享誉宗教学术界。主要著作为《金枝》。

亲爱的儿子：

在这封信里我想就你谈到的宽容问题和你交流一下看法，我认为一个人是否具有豁达大度的宽容心并非小事，它不但关系到自己的工作、学习乃至自己的生命和健康，而且关系到事业的兴衰与成败。

宽容是对那些在意见、习惯和信仰方面与自己不同的人，表现出耐心和光明正大态度的一种气质。

敞开心胸接受新观念和新资讯，并非只是为了使自己的个性更有魅力。虽然宽容和机智有着密切的关系，但宽容比机智更难辩认，并且抓住对自己有利的事物，你或许无法学到所接触到的所有新观念，但是你可以研究并尝试去了解它。

无宽容之心，会为人带来下列不利的情况：使原来愿意和你做朋友的人变成敌人。由于不愿求取新知而阻碍了心智的发展，阻碍了想像力的发展，不利于自律功夫的培养，妨碍正确的思考和推理。

一个人愈缺乏宽容之心，就会愈封闭自己，因而无法接触到多样的社会现象，以及思想的精神层面。反之只有乐于接受新的观念，才能使思想的精神层面不断茁壮发展。

做有包容心的人需要胸襟开阔，胸襟是否开阔也是衡量一个人能否成大事的重要标准。胸襟狭小的人只能看到蝇头小利和眼前利益，胸襟开阔的人往往眼光高远，不计小利，以大局为重。

一个人的胸襟如果足够开阔，那么他所做的事情和他的做人原则，一定是很有特点的，做人，就应该养成这种良好品德。

有良好心态的人不会把时间花在一些小事情上，小事情会使人偏离自己本来的主要目标和重要事项。如果一个人对一件无足轻重的小事情作出小题大做的反应，这种偏离就产生了。

一个能够开创一番事业的人，一定是一个心胸开阔的人。人要成大事，就一定要有开阔的胸怀，只有养成了坦然面对、包容一些人和事的习惯，才会在将来取得事业上的成功与辉煌。

有很多人因为性格孤僻或者没有吸引他人的能力，而导致无缘享受友谊之乐，以致丧失了许多单纯的生命之欢愉，成为孤独、不合群的人。他们曾经发出强烈的呼声："唉！我真希望，我能吸引一些朋友，我真希望我能成为一个受人欢迎、为人所乐于接受的人啊！"但是他们不知道要实现这种愿望，结交朋友，其道非难。不过实现之道，唯在于自己的包容心，而单纯地求助于他人是行不通的。

一个只肯为自己打算盘的人，到处受人鄙弃。其实，他完全可以将自己化作一块磁石，来吸引愿意吸引的任何人物到他的身旁。只要他能在日常生活中，处处表现出博爱与善意的精神，以及乐于助人、愿意帮忙的态度。

大家都喜欢胸怀宽大的人，假使一个人打算多交些朋友，首先要宽宏大量，应该常去说别人的好话，常去注意别人的好处，不要把别人的坏处放在心上。

如果常常对别人吹毛求疵，对于别人行为上的失误常常冷嘲热讽，你该留意这样的人，大多是危险的人物，这样的人往往不太可靠。

具有宽大心胸的人，看出他人的好处比看出他人的坏处更快。反之，心胸狭隘的人，目光所及都是过失、缺陷甚至罪恶。轻视与嫉妒他人的人，心胸是狭隘的、不健全的。这种人从来不会看到或承认别人的好处。而胸襟开阔的人，即使憎恨他人时也会竭力发现对方的长处，并由此来包容对方。

有的人遇事想不开，甚至为芝麻粒那么大点事，吃不好饭、睡不好觉，自己折磨自己。也有的人觉得谦让是"吃亏"、"窝囊"。因而在非原则矛盾面前，总以强硬的态度出现，甚至大动干戈，结果非但使矛盾不能缓解，而且丢了自己的人格。因而，每个人都应培养自己"豁达大度"的美德。

　　多一分宽容，就多一分快乐。多一分宽容，也就多一分真诚。

　　儿子，在人际交往中，保持宽大的胸怀，全面展现自身的交友素质，这样你就会获得朋友，以在人生事业上助你一臂之力。

　　交友并非一厢情愿，而是相互理解、相互宽容。对方让一分，自己让十分，滴水之恩当涌泉想报。当然这一点在实际中做起来非常不易，它对人的素质提出了较高的要求。不具备这种素质或是不能展现自身素质的人都做不到这一点。对方给予，自己却不能付出，这样当然不会结成好朋友。法国大作家雨果说得好："世界上最宽阔的东西是海洋，比海洋更宽阔的是天空，比天空更宽阔的是人的胸怀。"让我们都来做一个具大度、宽容、和善的人吧！

安得鲁·格罗夫致儿子的信

安得鲁·格罗夫，1936年出生于布达佩斯的一个犹太人家庭，年幼时经历过纳粹的残暴统治，1956车逃离祖国，辗转到达纽约，后毕业于纽约州立大学，获加州大学伯克利分校博士学位。1968年入主英特尔公司，1976年成为首席运营官，1987年接任英特尔公司总裁，1997年成为英特尔董事长。

亲爱的儿子：

要想成功绝不能好高骛远，只能从一点一滴的行动做起，只有这样去不断积累，最终才能由量变发展成质变，取得成功。想一步到位，是不现实的。

世界上任何大事都是从小事情做起的。只有扎扎实实地从小事情做起，才能希望有朝一日成大事业。这样从事的事业才会有成功的坚实基础。

虽然我们有"从今天起开始做"的想法，但如果订了过大的计划，到后来难以实行，就不会有什么结果的。因此，在开始时，不要把目标订得太远，也就是凡事从小处着眼。

有一位曾经当过人寿保险的业务人员，同时在其他的事业上也非常成功。他认为：若要增加人家对他的好感，应该先把自己的外貌整理好，因此，他每天早上在镜子前仔细研究端详，想办法使别人对他产生好感，所以，我可以这么说，他的成功，便是他平常累积小事而导致的。

万丈高楼平地起，你不要认为一个人为一分钱与别人讨价还价是一件丑事，也不要认为小商小贩没有什么出息，金钱需要一分一厘积攒，而人生经验也需要一点一滴积累。在你成功的那一天，你已成了一位人生经验十分丰富的人。

"上帝只拯救能够自救的人。"成功属于愿意成功的人。成功有明确的方向和目的。一个人不愿成功，谁拿他也没办法，他自己不行动，上帝也帮不了他。

儿子，成功并不是一个固定的蛋糕，数量有限，别人切了，你就没有了。不是那样，成功的蛋糕是切不完的，关键是你是否去切。你能否成功，与别人的成败毫无关系。只有自己想成功，才有成功的可能。

成功，首先，始于个人的自愿自觉。

当一个人失去生活的目的和意义，万念俱灰之时，我们说"无可救药"；当一个人动了念头，认了死理，哪怕上刀山下火海不达目的不罢休时，我们说"矢志不渝"。

自己的事自己做。成功始于心动，成于行动。

中国古代的思想家老子所著的《道德经》揭示出这样一个深刻的辩证法思想："合抱之木，生于毫末；九层之台，起于累土；千里之行，始于足下。"这种辩证的思维，至今对于我们仍有启迪。他告诉我们：任何事情都是从微小处萌芽，都是从头开始的，只有知难而进，不断地努力才能获得成功。

儿子，懂得了这个道理后，就应该脚踏实地的从小事做起，日积月累，才能走向成功。

祝你成功！

永远爱你的父亲

拿破仑致儿子的遗书

拿破仑，法兰西第一共和国执政、法兰西第一帝国皇帝，出生在法国科西嘉岛，是一位卓越的军事天才。他多次击败保王党的反扑和反法同盟的入侵，捍卫了法国大革命的成果。他颁布的《民法典》更是成为了后世资本主义国家的立法蓝本。

我的儿子不应因我之死而想复仇，他应从我的死得到益处。要让我所做的一切永远不离开他的心头；让他像我一样永远做一个彻底的法兰西人。他的一切努力，应以谋求和平统治为目的。他切不可于单纯爱模仿而没有任何绝对必要地重新开始我的那些战争。重复我的工作将意味着一无成就。相反，完成我的工作则将显示基础的巩固，并明白我仅仅勾划出了轮廓的一座大厦的整个计划。在一个世纪内不要重演同样的事情：当时我不得不用武力来制服欧洲，今天得用使它信服的方法。我拯救了濒于夭折的革命；我把它从废墟上扶了起来，并把它光辉灿烂地展示给世界。在法国、在欧洲，我注入了新思想，这些思想是不会消失的。让我的儿子使我播种的一切开出花来，让他发展在法国土地中潜在的一切繁荣昌盛的因素，这样，他还是可以成为一位伟大的君主的。

我去世以后，波旁王室的人将不会保持他们的地位，有利于我的反应将在各处甚至在英国发生，这对我的儿子将是一笔很好的遗产。英国人可能为了使人忘记他们所施加的种种迫害，将支持我的儿子回到法国，但为了享有和英国的良好的谅解，有必要以一切代价去促进它的商业利益，这种必要性会导致两种结果中的一种：和英国作战，或和它分享世界商业利益。第二种结果在目前是唯一可能的。

我传给我的儿子足够的力量和同情心，可以使他用和解性的外交来继续我的工作。但要让我的儿子切莫凭借外国势力来登上尊位。他的目的不应该是满足一种即位的欲望，而应该是博得后代的赞扬。如果他仍然流亡在国外，让他和他的表姊妹之一结婚。如果法国召他回国，让他和俄国的一位公主联姻。

法兰西民族在得到正确对待的时候，比任何其他民族都容易接受统治。它的理解能力的敏捷和便易是举世无双的，它立刻能辨别谁在为它出力，谁在反对它。但是必须始终投合它的心意，否则它的不安宁的精神就会引起恼怒、骚动以致于爆炸。

我的儿子将在一段时间的国内动乱之后回国……要让他藐视一切党派而只着眼于人民群众，除了那些叛国分子以外，他对任何人应该不咎既往，并且应该对他在不论什么地方发现的有才能的、有功绩的和尽职的人予以奖励。

法国是党派的领袖势力最小的国家，要依靠他们就是要在沙土上从事建筑。在法国，只有取得人民群众的支持才能干得出大事来，而且，一个政府应当总是在真正找得到支持的地方去寻找支持。有些道德法则同自然法则一样，是坚强而专横的。波旁王室的人只能依靠贵族和教士的支持，不管他们被迫采取什么样的宪法。和他们相反，我依靠人民群众。我给一个支持一切人的利益的政府树立了榜样。我并不是借助于、或者完全为了贵族、教士、公民或商人而执政的，我是为了整个社会，为了法兰西民族整个大家庭而执政的。割裂民族利益，就要损害这些利益，并引起内战。一种天生不可割裂的东西是不能被割裂的。它只能被毁伤而已。我对那部我为之草拟主要原则的宪法并不重视。今天是好的，明天就可能是坏的了；并且，不得到全国的正式同意，在这一点上就什么东西都不应当被确定下来，但它的基本原则应当是普选。

我的贵族不会支持我的儿子，我需要不止一个世代来成功地使他们举起我的旗帜，并通过世代相传来保存我的道义上的胜利的神圣宝藏。从1815年起，所有的达官贵人都公开地拥护反对派了。我从前就不以为我能依靠我的元帅们或我的贵族们、甚至我的校级军官们，但人民群众和军队，上至尉级军官都站在我一边。我在感到这种信任之情时，并没有受到错觉的欺骗，他们受惠于我之处很多，我是他们的真正的代表。我的独裁是必不可少的，关于这一点的证据是，他们提出给我的权力比我所期望的还多。对我的儿子来说，情况可就不同了：他的权力会引起异议。他必须预料到人们对自由的各种要求。此外，在平时借助议会的力量要比单独地治理国家容易得多。议会替你负起一大部分的责任，而且没有什么比多数人总是站在你这一边更加容易的事情了。在法国，政府的势力是巨大的，如果这个政府有办法，它就不需要用贿赂去寻求各方面的支持。一个君主的目的不仅在于统治，而且还在于传播教化、道德和康乐。

在我的青年对代，我也曾抱有一些幻想，但我不久就清醒过来了。那些单靠出色的口才支配种种集会的大演说家们，一般都是最平庸的政治人才。不应当用他们自己的那种办法去反对他们，因为他们总会比你振振有词。要以严肃的合乎逻辑的论证去对抗他们的雄辩。他们所依靠的是笼统、含糊，要把他们拉回到事情的实际上来，实际的论据会摧毁他们。在会议上有比我富于口才的人，我总是用这样一个简单的理由去驳倒他们——二加二等于四。法国有非常聪明的实干人才，唯一需要的是发现他们，给他们以恰当的工作：这样一个人在耕田种地，而他应当去参与政事；那样一个人在做大臣，而他应当去耕田种地。从农业法到土耳其皇帝的专制政治，各种制度在法国都有它的辩护士，让我的儿子听听所有这一切，让他按真实价值对待一切事物，并把全国所有的真正人才放在他的身边。法兰西人民曾受两种强烈的激情的支配，这两种激情看来像是对立的，然而却出自同一的感情——那就是对于平等的爱和对于差别的爱。一个政府只有依靠最严格的公正，才能满足这两种欲望。这个政府的法律和行动必须对人一律平等，荣誉和奖励必须给予众望所归与受之无愧的人。

我的儿子将不得不准许出版自由，这在今天是必然的了。为了治理好国政，不必去研究一种比较完善的理论，但要利用现有材料来进行建树，要服从必然，并从中得到效益。出版自由应在政府手中成为一个有力的助手，把良好的学说和有益的原则传播到帝国最远的角落。但是，听其自然就是发疯了。我原来要在普遍和约缔结以后设立一个出版管理局，由国内最有才能的人组成，这样，我就可以把我的思想和意图传播到穷乡僻壤。在现今的日子里，一个人想要像在三百年前那样，对社会变化做一个不声不响的旁观者是不可能的；现在，一个人必须冒生命危险去指挥一切或者阻挠一切。

我的儿子应当成为一个具有新思想的人，一个忠诚于我在各处所赢得胜利的那个事业的人。他应该建立各种制度去消灭封建法度的遗迹，确保人的尊严，并培育那些几百年来一直处于冬眠状态中的繁荣昌盛的种子。他应该在现今尚未开化的野蛮的国家里宣扬基督教和文明的好处。这应该是我儿子的一切思想的目的，这就是我由于对寡头统治者们的仇恨而为之殉身的事业……我的敌人是人类的敌人：他们想束缚各族人民，把他们视为羊群；他们企图压迫法国，使江河流回到它的源头那里去。不过，他们得留神些，别让它冲破了堤防！在我儿子这里，一切对立的利益可以安然存在，新思想可以传播到四方，并逐渐增加力量，不受任何猛烈的冲击或牺牲任何受难者，人类将免于遭到可怕的灾祸。但是，如果国王们的盲目的仇恨，在我死后还要追踪加害于我的血亲，那么我的仇恨终将得到报复，而且将是残酷的报复。文明将蒙受全面的损失，而当欧洲各国人民摆脱他们的枷锁的时候，大陆遍地将血流成河。

我儿子的登位是为了各个国王的利益，而且也是为了各个国家的利益。在我们为之进行了斗争和我经历了一切艰难险阻、胜利地加以贯彻的那些思想和原则之外，法国和整个欧洲的唯一道路只能是走向奴隶制度和混乱状态。现在，欧洲正朝着必然的变化迈步前进，企图推迟这个进程是白费气力的徒然挣扎，而促进这个进程就是增强一切人的希望和心愿的力量。

有些民族的愿望，迟早必须使其满足，因而正是应当朝着这一目标继续前进。我儿子的处境将不免有许多极大的困难，但是让他在大家的同意下做那种我因迫于环境而用武力使之实现的事情吧。

为了使我的儿子知道他的施政是否妥善，他的法令是否适合国家的情况，要把法庭判决定罪案子数字的年度报告呈送给他。如果犯罪和违法事件的数字增加，就证明穷困在增加，社会治理不善；另一方面，数字减少，就是相反情况的证明。

宗教思想所具有的影响，比某些胸襟偏狭的哲学家所愿意相信的要大得多，它们能给人类以极大的好处。如果和教皇的关系搞得好，就可能使一亿人的良知就范。庇护七世总会对我的儿子有好感的，他是一位宽容而开明的长者。灾难重重的局势曾使我和他的政府陷入了对抗的地位，我对此深感遗憾……

假如你获准回到法国，你还可以找到许多一直忠实地记住我的人。他们可以为我树立的最好的纪念碑，即把我治理帝国时在国务会议上所发表的许多意见作一个汇编；搜集我给我的大臣们的所有指示，把我所做的工作以及我在法国和意大利所建树的业绩列一张表。马雷、达律、莫利昂、梅兰和康巴塞雷斯都可以为这部著作出力。这部著作将补充我曾嘱咐比尼翁写的关于我的外交政策的书……在我对国务会议的那些讲话中，对于只是当时有用的措施和永远可以应用的措施，必须加以区别。

让我的儿子经常阅读历史，并对历史进行思考，这是唯一的真正的哲学；让他读读历史上最伟大的将领的战争，并加以深思，这是正确学习战争科学的唯一方法。

但是，如果他在心灵深处没有那么一股神圣的火焰，没有那种唯一能实现伟大事业的对于善的热爱，那么你对他所说的一切或他自己所学习的一切，都将对他没有多大的用处。

我希望他能无愧于他的命运。

居里夫人给女儿的信

居里夫人，波兰裔法国籍女物理学家、放射性化学家。她与丈夫皮埃尔·居里共同发现了放射性元素镭，之后又发现了元素钋，因而她和丈夫及亨利·贝克勒共同获得了1903年诺贝尔物理学奖。1911年，居里夫人又因放射化学方面的成就获诺贝尔化学奖，成为历史上第一个两获诺贝尔奖的人。由于长期接触放射性物质，1934年7月4日居里夫人因恶性白血病逝世。

我亲爱的孩子：

一个人不仅要自信，更重要的是要自立。

成功学师们认为："只有丢开拐杖，破釜沉舟，依靠自己，才能赢得最后的胜利。自立是打开成功之门的钥匙，自立也是力量之源。"

每个正常人都能够过一种独立和自立的生活，但很少有人真正能够完全自立。因为依靠别人、跟从别人、追随别人，让别人去思考、去计划、去工作要省事得多。

所以人们经常持有的一种最大谬见，就是以为他们永远会从别人不断的帮助中获益。

自立是每一个志存高远者必备的品质，而模仿和依靠他人只会导致懦弱。力量是自发的，不依赖他人，坐在健身房里让别人替我们练习，我们是无法增强自己肌肉的力量的。没有什么比依靠他人的习惯更能破坏独立自主能力的了。如果你依靠他人，你将永远坚强不起来，也不会有独创力。要么独立自主，要么埋葬雄心壮志，一辈子做个仰人鼻息的人。

自立绝不是只单纯给自己创造一个优越的环境，以为可以不必艰苦奋斗，就能成功，这种做法实际上只会给我们带来灾难，那个优越的开端很可能是一个倒退。年轻人需要的是能够获得所有的原动力，他们天生就是学习者、模仿者、效法者，他们很容易变成仿制品。当你不提供拐杖时，他们就会无法独立行走了。只要你同意，他们会一直依靠你。

锻炼意志和力量，需要的是自助自立精神，而非靠来自他人的影响力，也不能依赖他人。

爱迪生说："坐在舒适软垫上的人容易睡去。"

依靠他人，觉得总是会有人为我们做任何事所以不必努力，这种想法对发挥自助自立和艰苦奋斗精神是致命的障碍！

"一个身强力壮、背阔腰圆、重达近一百五十磅的年轻人竟然两手插在口袋里等着帮助，这无疑是世上最令人恶心的一幕。"

你有没有想过，你认识的人中有多少人只是在等待？其中很多人不知道等的是什么，但他们在等某些东西。他们隐约觉得，会有什么东西降临，会有些好运气，或是会有什么机会发生，或是会有某个人帮他们，这样他们就可以在没有受过教育，没有充分的准备和资金的情况下为自己获得一个开端，或是继续前进。

在我的人生经历中，从没见过某个习惯等候帮助、等着别人拉扯一把、等着别人的钱财，或是等着运气降临的人能够真正成就大事。

只有抛弃每一根拐杖，破釜沉舟，依靠自己，才能赢得最后的胜利。自立是打开成功之门的钥匙，自立也是力量的源泉。

孩子，一旦你不再需要别人的援助，自强自立起来，你就踏上了成功之路。一旦你抛弃所有外来的帮助，你会发挥出过去从未意识到的力量。

世上没有比自尊更有价值的东西。如果你试图不断从别人那里获得帮助，你就难以保有自尊；如果你决定依靠自己，独立自主，你就会变得日益坚强。

要相信你到这个世界上来是有目的的，是为了造就自己，是为了帮助别人，是扮演一个替代不了的角色，因为每个人在这场盛大的人生戏剧中都扮演着自己的角色。如果你不扮演这个角色，这出戏就有缺陷了。只有当你意识到自己注定要在生命中完成一件事、扮演一个角色、必须自立时，你才能有所作为。生活也因此具有了崭新的意义。你说是这样吗？我的女儿。

圣诞节就要到了，祝愿你圣诞快乐！

爱你的母亲

摩尔根致儿子的信

摩尔根，美国进化生物学家，遗传学家和胚胎学家。发现了染色体的遗传机制，创立了染色体遗传理论，是现代实验生物学奠基人。于1933年由于发现染色体在遗传中的作用，赢得了诺贝尔生理学或医学奖。

亲爱的威廉：

在与你正式交谈之前，请让我问你几个问题：你曾经问过自己是一个怎样的人吗？你曾经反思过自己平时的言行举止吗？在这封信里，我想和你谈谈有关人性的话题。

人性是什么？

随着人们社会阅历的增多，每个人都会无数次地在生活中提出这个问题。我认为人性就是人的一切美德的总和。它包括坚强、刚毅、同情、公正、善良等等一切值得歌颂和赞扬的品质。一个人是否是一个有人性的人，只要从他在生活中的点点滴滴的所作所为中就能看出来。有的人意志薄弱、游手好闲、欺善怕恶，而有的人却意志坚强、勤劳刻苦、正直善良，前一种人没有人性，而后一种人却是有人性的好榜样。那么，如何才能使自己具有人性呢？

要让自己有人性，首先要让自己拥有美好的人格。

林肯去世几十年了，然而他的名字却依然享誉世界。为什么？这是因为林肯拥有伟大人格。他生前公正自持、廉洁自守，从来没有践踏过自己的人格，糟蹋过自己的名誉。

儿子啊，你要时刻记住："坚守人格，是世界上最伟大的一种力量。"当你在开始自己的事业时，假如你能将自己的人格力量当作事业的资本，做任何事都不背叛人格，那么，你今后即使不能事事顺心，也不会在事业上失败。相反，你一旦丧失了最基本的人格，就根本谈不上事业的成功啦。一个能够真正成就事业的人，绝对是一个富有人格力量的人。我们常说要学做事先学会做人，可见培养自己的美好人格多么重要！因此，你还是认识到：人格力量是最可靠的事业资本。

你现在还处在重要的学习阶段，美好的青春年华正是你培养自己的人格的最佳时期。许多年轻人总是认识不到这一点。在学生时代，不勤奋刻苦地学习科学文化知识，反而学到了一些不良的生活习惯：懒惰、自私、欺骗老师和家长，对自己的未来极不负责任。他们今后走向社会一定不是一个合格的人，更别谈开创一番事业了。相反，那些一心向学、诚实守信、品学兼优的学生，他们日后一定会有一番美好的前程。

诚实和守信是人格魅力中最重要的品质，是世界上最可靠的东西。生活中的不少人，就因为抛弃了诚实才最终走向失败。在牢狱中，就关了不少这样的人。成功的关键在正直、公平、诚实及信义，离开了这些，就不会得到真正的成功。不管是在学习阶段还是今后参加工作，这些品质都会帮助你获得你想要的成功。

儿子，你要懂得捍卫自己的人格，人格是所有财富中最最宝贵的东西。必要的时候甚至宁可牺牲自己的生命也要保全人格的完整。

林肯做律师时，有人请他为一件诉讼案中理亏的一方辩护。他郑重地回答说："我不能做这种事。因为到了法庭陈词时，我的心中一定会不住地这样想：'林肯，你是说谎者，你是说谎者！'我相信，那时我会忘形，而这样高声说出来！"林肯就是这样一个时刻想到要维护自己人格的人，所以他才受到世人的无限景仰。

一个没有人格的人，在做任何事情的时候都要戴上假面具，比如那些干着不正经的、损人利己的职业的人，虽然他得到了他想要的金钱，但实际上他的内心是痛苦的，因为他做的事没有人性。所以，他的良心会受到谴责，他会觉得很羞惭，以至于痛苦万分。总有一天，他的这种抹杀人格的行为会让他失去做人的力量，失去自尊和自信。

儿子，你一定要明白：世界上没有任何东西可以诱惑你去做"不应该做的事"。不管将来你从事何种职业，你都必须尊重自己的人格，保持自己的操守。今后，不管你是做律师、医师、商人，还是做伙计、农夫，或者做议员、政治家，你都不能忘记，你始终是在做一个"人"！

此外，要让自己具备美好的人性，还必须具有一颗高贵的心。你可以让自己的心胸变得开阔、乐观，你可以让自己的心胸贮满美丽，你更可以以你坚强勇敢的心灵去抵制一切邪恶的东西。你要铭记：宁可一千次容许窃贼从你的居室盗去你最有价值的收藏品、窃去你的财物，也绝不容许精神上的敌人——混乱、病态的思想，忧虑、嫉妒、恐惧的思想闯入你的圣洁的灵魂、窃去你心中的平安、盗走你心中的恬静。失掉了心中的平安与恬静，生活不过是一座活坟墓而已！

人的生活就是不断地将种种精神意象，翻译在自己生命中的品格上而已。我们一生成就的大小，主要是看我们能否维持生活的和谐、能否拒绝一切足以损害能力、减低效率的精神敌人。各种不同的思想或暗示能生出各种不同的影响来，一个乐观、积极、愉快的思想，可以给予人一种快乐、幸福、向上、更新的感觉。它仿佛是一股欢乐电流，能迅速遍布人的全身。它能带给人新的希望、勇气与生活的动力。

我们说"性格决定命运"，每个人的生活环境都是他自己造成的。他可以将忧郁、痛苦、恐惧、失望等等情绪充满他的世界，让他的生命变得愁苦、悲痛；也可以排除一切悲愁、恶意、恐惧等情绪，使自己的生活充满阳光。

一个能够统治自己思想的人，一定能够以希望替代失望，以积极替代消极，以决心替代怀疑，以乐观替代悲观。一个成为自己思想的俘虏的人，一个做忧郁、颓丧、恐惧等思想的奴隶的人，只能是个失败者。前者生命中的成就，一定可以超过后者。

所以，在任何情形之下，儿子，你都不要容许那些悲惨、病态、混乱的思想侵入你的心灵！假使一个人从小就能知道在心中怀着使自己愉快、积极、乐观的思想，而将一切有破坏性、腐蚀性的思想拒于心灵之外，则他的一生中就会减少许多不必要的损害与耗费。你要学会驱赶精神上的种种敌人，肃清心中不良的思想，拒它们于自己的意识之外，使它们不来叩响你的心门。

思想观念也具有同性相吸、异性相斥的特性。乐观会赶走悲观，愉快会赶走悲愁，希望会赶走失望。心中充满了爱的阳光，怨憎与嫉妒的念头自然会逃之夭夭。当一个人很坚决地认定自己的生命应该充溢着真、善、美时，他的生命就会表现出这些美好的事物。

所以，要常常对自己说："每当有一个憎恨、恶毒、自私、报复、悲愁、懊丧的思想侵入我的心胸时，我必须立刻用相反的思想去赶走它们！"

儿子，只要你让自己的心灵里不断地充溢着善良忠厚、爱人助人、真实和谐的思想，一切不良的思想就会望风而逃。爱人助人、亲善友爱的思想，可以唤起你生命中的最高尚的情操。它能给予你健康、和谐和力量，会帮助你成就自己的事业和美好人生。

一个小孩子赤脚走在乡间的小路上，他总会避开那些尖锐的石子与砖块，这样脚底才不会受伤；然而我们为什么不知道去避免人生中那些使我们受伤、受苦的石子与砖块呢？这不是一件困难的事，只要用许多好思想去战胜那些坏思想就可以了！

我的孩子，我真的非常希望你能健康成长，拥有属于你自己的美丽的人性和崇高的人格。

祝你一生幸福！

关于读书 …

>TO READ

书海无涯，学无止境

　　书，是生活中必不可少的调味料。忙碌的人读书是一种休息，闲暇的人读书是一种工作。朋友不能成为一本书，但一本书却能成为朋友，并且是永远忠于我们的朋友。读书就像和朋友相处一样，最优秀的读者，不一定是最优秀的作家，关键在于如何去读。真正会读书的人可以从一本糟糕透了的书中读出好极了的东西；而不会读书的人，给他再好的书也只能是作为娱乐消遣。读书的目的不在于读了多少，而在于读懂多少，读到多少。那么，究竟怎样才能读好一本书，达到高效率的学习呢？看看名人们是怎么教子读书的吧！

左宗棠致子孝威、孝宽书

左宗棠，汉族，字季高，一字朴存，号湘上农人。晚清重臣，军事家、政治家、著名湘军将领，洋务派首领。左宗棠少年时屡试不第，后转而留意农事，遍读群书，钻研舆地、兵法。后竟因而成为清朝后期著名大臣，官至东阁大学士、军机大臣，封二等恪靖侯。

孝威、孝宽知之：

我于二十八日开船，是夜泊三汊矶，廿九日泊湘阴县城外，三十日即过湖抵岳州。南风甚正，舟行顺速，可毋念也。我此次北行，非其素志。尔等虽小，当亦略知一二。世局如何，家事如何，均不必为尔等言之。惟刻难忘者，尔等近年读书无甚进境，气质毫未变化，恐日复一日，将求为寻常子弟不可得，空负我一片期望之心耳。夜间思及，辄不成眠。今复为尔等言之。尔等能领受与否，则我不能强之，然固不能已于言也。

读书要目到、口到、心到。尔读书不看清字画偏旁，不辨明句读，不记清头尾，是目不到也。喉、舌、唇、牙、齿五音，并不清晰伶俐，朦胧含糊，听不明白，或多几字，或少几字，只图混过，就是口不到也。经传精义奥旨，初学固不能通，至于大略粗解，原易明白。稍肯用心体会，一字求一字下落，一句求一句道理，一事求一事原委。虚字审其神气，实字测其义理，自然渐有所悟。一时思索不得，即请先生解说，一时尚未融释，即将上下文或别章别部义理相近者反复推寻，务期了然于心，了然于口，始可放手。总要将此心运在字里行间，时复思绎，乃为心到。今尔读书总是混过日子，身在案前，耳目不知用到何处。心中胡思乱想，全无收敛归著之时，悠悠忽忽，日复一日，好似读书是答应人家功夫，是欺哄人家，掩饰人家耳目的勾当。昨日所不知不能者，今日仍是不知不能，其去年所不知不能，今年仍是不知不能。孝威今年十五，孝宽今年十四，转眼就长成大人矣。从前所知所能者，究竟能比乡村子弟之佳者否？试自忖之。

读书做人，先要立志，想古圣贤豪杰是我者般年纪时，是何气象？是何学问？是何才干？我现在哪一件可以比他？想父母命我读书，延师训课，是何志愿？是何意思？我哪一件可以对父母？看同时一辈人，父母常背后夸赞者，是何好样？斥詈者，是何坏样？好样要学，坏样断不可学。心中要想个明白，立定主意，念念要学好，事事要学好，自己坏样一概猛省猛改，断不许少有回护，不可因循苟且。务有古时圣贤豪杰少小时志气一般，方可慰父母之心，免被他人耻笑。志患不立，志患不坚。偶然听一段好话，听一件好事，亦知歆动羡慕，当时亦说我要与他一样。不过几日几时，此念就不知如何销歇去了。此是尔志不坚，还由不能立志之故。如果一心向上，有何事业不能做成？陶桓公有云："大禹惜寸阴，吾辈当惜分阴。"古人用心之勤如此。韩文公云："业精于勤而荒于嬉。"凡事皆然，不仅读书，而读书更要勤苦。何也？百工技艺，医学、农学均是一件事，道理尚易通晓；至吾儒读书，天地民物莫非己任，宇宙古今事理均须融澈于心，然后施为有本。人生读书之日最是难得，尔等有成与否就在此数年上见分晓。若仍如从前悠忽过日，再数年依然故我，还能冒读书名色充读书人否？思之！思之！

孝威气质轻浮，心思不能沉下。年逾成童而童心未化，视听言动无非一种轻扬浮躁之气。屡经谕责，毫不知改。孝宽气质昏惰，外蠢内傲，又贪嬉戏，毫无一点好处。开卷便昏昏欲睡，全不提醒振作。一至偷闲玩耍，便觉分外精神。年已十四，而诗文不知何物，字画又丑劣不堪。见人好处，不知自愧，真不知将来作何等人物！我在家时常训督，未见悛改。我今出门，想起尔等顽钝不成材料光景，心中片刻不能放下。尔等如有人心，想尔父此段苦心，亦知自愧自恨，求痛改前非以慰我否？亲朋中子弟佳者颇少，我不在家，尔等在塾读书，不必应酬交接，外受博训，入奉母仪可也。

读书用功，最要专一无间断。今年以我北行之故，亲朋子侄来家送我，先生又以送考耽误功课，闻二月初三、四始能上馆。所谓一年之计在于春者，又去月余矣！若夏秋有科考，则忙忙碌碌又过一年，如何是好？今特谕尔：自二月初一日起，将每日功课，按月各写一小本寄京一次，便我查阅。如先生是日未在馆，亦即注明，使我知之。屋前街道，屋后菜园，不准擅出行走。如奉母命出外，亦须速出速归。"出必告、反必面。"断不可任意往来。同学之友如果诚实发愤，无妄言妄动，固宜引为同类。倘或不然，则同斋割席，勿与亲昵为要。家中书籍，勿轻易借人，恐有损失。如必须借看者，每借去，则粘一条于书架，注明某日某人借去某书，以便随时取回。

庚申正月三十日

梁漱溟致儿子的信

梁漱溟,著名的思想家、哲学家、教育家、社会活动家、爱国民主人士,著名学者、国学大师,主要研究人生问题和社会问题,现代新儒家的早期代表人物之一,有"中国最后一位儒家"之称。梁漱溟受泰州学派的影响,在中国发起过乡村建设运动,并取得可以借鉴的经验。著有《乡村建设理论》、《人心与人生》等。

宽、恕两儿:

日前寄你们一信,内附南京田先生信,计应先此到达。宽1月29日来信,内附青岛、广州两信阅悉。兹先答复宽前次及此次所提问题,然后再谈其他琐事。

宽前问我为何认他求学道已上了道。不错的,对你确已放心了,不再有什么担忧的。其所以使我如此者,自然是你给我很多印象都很好,非只一时一次,亦不可能一次一次来说,总括之言,不外两点:一、你确能关心到大众到社会,萌芽了为大众服务之愿力,而从不作个人出路之打算。这就是第一让我放心处。许多青年为个人出路发愁,一身私欲得不到满足,整天怨天尤人、骂世,这种人最无出路,最无办法。你本非度量豁达之人,而且心里常放不开,然而你却能把自己一个人出路问题放开了,仿佛不值得忧虑,而时时流露为大众服务心愿。只这一步放开,你的生命力便具一种开展气象而活了,前途一切自然都有办法了。我还有什么不放心的呢?(你个人出路亦早在其中,都有办法了,好不成问题。)二、你确能反省到自身,回顾到自家短处偏处,而非两眼只向外张望之人,这就是让我更加放心处。许多青年最大短处便是心思不向内转,纵有才气,甚至才气纵横,亦白费,有什么毛病无法救,其前途与难有成就。反之,若能像自己身心上理会,时时回头照顾,即有毛病,易得纠正,最能自己寻路走,不必替他担忧了,而由其脚步稳妥,大小必有成就,可断言也。

培恕可惜在这两点上都差，（他虽有热情，但一日12时日中其要求似是为他自己的要求多）我对他便放心不下。更可惜他的才气你没有，若以恕之才而学的这两点长处，那更不可限量了。

宽此次问：学问与作事是否为两条路，及你应当走哪条路，好像有很大踌躇，实则不必。

平常熊先生教育青年，总令其于学问事功二者自择其一。择取之后，或再令细择某学某事，这自然很有道理，亦是一种教法。但我却不如此，假如你留心看《我的自学小史》，看《朝话》，应可觉察到此，我根本不从这里入手。

但我是经过想走事功一路那阶段的。此在自学小史内已叙及。因祖父痛心中国之积弱，认为文人所误，所以最看重能作事之人，极有颜李学派之意味，自小便教我们练习作事。因此我曾一时期看轻学问，尤其看轻文学哲学以为无用。其后经朋友矫正（见自学小史），破此陋见，乃一任自己生命所发之要求而行，全无学问或事功之见存。当出世之要求强，则趋于佛法，不知不觉转入哲学，故非有意于研究哲学也。当感受中国问题之刺激，而解决社会问题之要求强，则四方奔走（革命、乡村运动、抗战、团结）不知不觉涉足政治界，亦非有意于事功。及今闭户著书，只是40年来思索体验，于中国旧日社会及今后出路，确有所见，若不写出，则死不瞑目，非有所谓学术贡献也。说老实话，我作学问的工具和热忱都缺乏，我常自笑我的学问是误打误撞出来的，非有心求得之者。

你自无须循着我的路子走，但回头认取自己最真切的要求，而以他作出发点，则是应该的。这还是我春夏间写信给恕和你，说要发愿的话。愿即要求，要求即痛痒，痛痒只有自己知道。抓住一点（一个问题）而努力，去学在此处求，作事在此处作，就对了。因为现在任何一事没有不在学术研究之路，即你即应先研究合作，而致力于合作运动，合作研究是学，合作运动是事，没有充分之学术研究，恐怕事情作不好，即学即事，不必太分别他而固执一偏。又如你重视心理卫生这门学问，而发愿谋学此学与中国古人学问之沟通，那自然是作学问了。而其实亦还是一种运动，尤其是要有一种实际功夫，从自己而推广到社会众人，亦未尝不是事功。我以为末后成就是在学问抑在事功，不必预作计较，而自己一生力气愿用在那处（那个题目上）却须认定才好。

以我看你，似是偏于作事一路，即如你来信不说"事功"，而说"从事实际，服务群众"，这就易于作事之证。说事功，不免有"建功立业"之意，而由此意念在胸，倒未必能建功立业；倒是以"从事实际，服务群众"为心，可能有些功业说不定。总之，你为大众服务作事之心甚诚，随处可见，即此就宜于做事。但究竟做什么事还不知道，俟你有所认定之后，当然要先从此项学问入手，嗣则要一边做，一边研究，边学边做，边做边学，终身如此努力不已。至于成就在事抑在学，似不可管，即有无成就，亦可不管，昔人云："但问耕耘，不问收获。"是也。

我在做事上说，至今无成就。乡村建设虽是我的心愿，能否及身见其端绪，不敢说也。你的路子似于民众教育乡村运动为近，假如我所未实现者，而成于你之手，则古人所谓"继志述事"，那真是再好没有了。不过你可有你的志愿，我亦不以此责望于你也。

恕不忙去粤，试就道宗同住，在北大旁听半年，再说。

父手字
二月十日

刘颂豪给中学生的一封公开信

刘颂豪，我国著名光学家，首批博士生导师。曾在中国科学院长春、上海和安徽光学精密机械研究所从事光学和激光研究。20 世纪 50 年代参加建立我国光学玻璃研究基地，系统研究稀土玻璃的成分与性质，发明稀土光学玻璃新品种，获国家科委发明奖和中科院优秀奖。20 世纪 60 年代初研究成功高功率红外连续固体激光器，是我国激光领域的主要开拓者之一。

同学们：

你们好！最近，广州市东山区科协邀请我参加别开生面的"中小学生与院士对话"活动。当时气氛热烈，孩子们提问十分踊跃，可惜受场地所限只能选派几十位中小学生参加。就在这时候我萌发了一个念头，为什么不编写一本适合于中学生阅读的科普读物呢？我们应该把最新、最热的科学技术知识介绍给中学生，这样就可以与全省中学生在书中"对话"了。这一想法得到省、市科协以及广大科技工作者的肯定和支持。想不到，在短短的二十天之后，这本小册子就与你们见面了。

几十年来，我喜欢与青少年接触，愿意和大中小学生交朋友，愿意把毕生掌握到的知识毫无保留地教给你们，和你们在一起，我觉得永远年轻，永远朝气蓬勃。我的童年与你们不一样。记得在七八岁时，我刚入小学，日本帝国主义侵略中国，我们举家逃难，但不管在什么困难条件下，父母都让我好好读书。当时我想我们一定要打败日本帝国主义，中国人民一定会站起来，我们决不做"亡国奴"，从此我就树立勤奋读书、为国雪耻的决心。我的学习成绩一直比较好，也特别爱看科普书，那时科普书很少很少，大多是手抄本，每当得到，爱不释手。我是从科普书中走进科学技术的殿堂，从中学到大学，一直喜欢物理和光学。记得 1960 年美国研制出世界上第一台激光器，就在第二年开始，我和几位同事（我国激光领域的开拓者）就先后研制成功我国第一批激光器，当时轰动全世界。中国在世界的地位又向前迈进一步。

　　总结几十年的风雨人生，我的座右铭是：成功＝勤奋＋毅力＋健康＋爱国。俗话说，"勤能补拙"，聪明自恃的人可得一时，但不可得一世，所以，勤奋是成功的根本。毅力是人的"耐力"，是走向胜利的保证，是克服困难的信心和决心。健康十分重要，必须有强壮的体魄和健康的心理才能承担起繁重的学习和工作压力。我从小酷爱体育运动，锻炼已经成为我生活的一部分，现在每周坚持有五个下午时间（约一个小时）锻炼身体，并保持年轻的心态。祖国是每个人的"主心骨"，科学是无国界的，但科学家是有国家的，只有爱国的人，才能成为真正的伟人。勤奋、毅力、健康、爱国四者紧密结合，缺一不可。我们还要培养自己乐于助人的美德。我希望你们在追求人生真善美的道路中，在攀登科学巅峰的征途中，把握每一次机会，只要努力，就会成功！

　　科学的唯一目的是减轻人类生存的苦难，科学家的任务就是为人类带来幸福！

　　希望同学们从小树立远大的理想，并为之奋斗终生！

　　最后赠送给同学们一份珍贵的小礼物，那就是"八个字"：勤奋、毅力、健康、爱国！

　　祝同学们

　　好好学习天天向上！

刘颂豪

2001 年 6 月 8 日

马克思致女儿的信

马克思，全世界无产阶级的伟大导师、科学社会主义的创始人。伟大的政治家、哲学家、经济学家、革命理论家。主要著作有《资本论》、《共产党宣言》。他是无产阶级的精神领袖，是当代共产主义运动的先驱。

我亲爱的白鹦鹉：

你知道，我懒于写信，但这次我右手的罪过要归咎于左手的毛病。在这种情况下我特别感到我的秘书不在，否则她自然会以我的名义写出极其美妙的书信的。

从你和你丈夫（原谅我用这样的"措辞"，因为波克罕的"作品"还不时地在我耳边嗡嗡作响）的来信，我高兴地知道，你们的蜜月旅行过得幸福愉快，一切外界条件——春色、阳光、空气和巴黎的娱乐——都有利于你们。至于上述这位丈夫，他在这种关键时刻给我寄来了书籍，这比任何语言都雄辩地证明，这个"年青人"生性善良。这个简单的事实已经证明，他属于一个比欧洲人种更好的人种。顺便提一下，既然我们已经谈到了书籍问题，你就到吉洛曼公司（黎塞留街14号）去一趟，买一些该公司出版的1866－1868年图书通报（经济方面的）。你还可以去一下"国际书店"（蒙马特尔林荫路15号），向他们要一些目录（1865－1868年）。当然，如果你搞到了这些东西，可不必寄来，等你返回这个无聊的地方时随身带来就行了。

我等候迈斯纳把我的书寄三本来。我收到后，将寄给塞扎尔·德·巴普两本，其中一本给他本人，另一本给阿耳特迈耶。此外，如果你有时间跟席利见面（就是说，你给他去信，地址是圣昆廷路4号，让他来见你），你就向他了解一下，我给雅克拉尔、泰恩和勒克律寄去的那三本书怎样了。如果找不到雅克拉尔，可以把他的那一本交给阿耳特迈耶，因为迈斯纳寄这些书太慢。但在这种情况下，应该告诉我一下。我亲爱的孩子，你也许会认为，我太喜欢书了，以致在这样不适当的时刻为了书的事还来打扰你。但是你大错特错了。我只不过是一架机器，注定要吞食这些书籍，然后以改变了的形式把它们抛进历史的垃圾箱。这也是一种相当枯燥的工作，但毕竟比格莱斯顿好些，他不得不日日夜夜去苦心体会一种叫作"严肃性"的"心情"。

我们这里感到很冷清。首先，你同"沉默寡言"的南方人走了，而后恩格斯也离开了我们。昨天晚上我们家里没有"骚动"，而是洛尔米埃一家来作客。我同路易下了两盘象棋，让他赢了一盘。你猜这个古怪的小伙子卡列班在告别时用最庄重的语调对我说了什么？——"但愿您对我不要见怪。"

再见吧，我亲爱的白鹦鹉。

老尼克

劳伦斯致儿子的信

戴维·赫伯特·劳伦斯，20世纪英国作家，是20世纪英语文学中最重要的人物之一，也是最具争议性的作家之一。主要成就包括小说、诗歌、戏剧、散文、游记和书信。主要代表作品有《儿子与情人》、《虹》等等。

亲爱的儿子：

你来信说对自己是否参加一项雪域探险活动犹豫不决，显然你对此缺乏自信，是怀疑自己的能力所致。所以，我给你写了这封谈自信问题的信，希望对你有所帮助。

自信是一把神奇的钥匙，它能替每一个人打开人生的幸福之门，具有自信是人走向成功的第一要素。只有树立了自信心，才相当于向成功的大门迈入了第一步。有了它，才能激发人的进取勇气，最大限度地挖掘自身的潜力，做成以前不敢想也不敢做的事，从而感受到挑战的激情，人生的快乐。

每一个人都存在巨大的潜力。科学的发展已经证明：正常人只运用了自身潜力的2%－5%。也就是说，最成功的人也只运用了自身潜力的5%。

俄国学者做过一个形象的比喻：一个正常人如果发挥了自身潜藏能力的一半，那么他将掌握40多种外语，学完几十门大学的课程，可以将叠起来几人厚的世界百科全书，背得滚瓜烂熟。既然每个人都有如此巨大的潜力，那我们为什么不能相信自己，相信自己必将有所作为呢？

美国最著名的人本主义心理学家马斯洛认为：自我实现的需要是人类最高层次的需要。正如人需要空气、阳光，人也需要发挥自己的潜能。而自信正是挖掘内在潜力的最佳法宝。如果一个人能顽强地相信自己，那么才敢于奋力追求实现自身价值，才敢于去干事，也才会激发自己的潜能。

一个人生活中的许多问题、困难，实际上，正来源于他信心不足；一旦获得了信心，许多问题就将迎刃而解。因为自信能使人保持最佳状态，从而有助于激发人的潜能。

自信是一种美好的生活态度。一位成功者说："以前当我一事无成时，我怀疑我的能力，被自卑感所打倒，于是我觉得生活痛苦、黯淡无光；后来我取得了一些成就，恢复了对自己的信心，于是思想上也变得乐观、豁达，从而我的生活也随之变得美好了。我想即使我再遇到新的打击或者说失败了，我为什么不仍然保持自信呢，因为只有这样，才使得失败只是一个偶然的挫折而已，而不会影响到我的人生快乐。"

孩子啊，自信是根魔棒，一旦你真正建立了自信，你将发现你整个人都会为之改观，气质会更优秀，能力会更强，随之你的生活态度也将变得更乐观。

建立顽强的自信吧，这样你会感觉自己驾驭生活能力的强劲，从而对生活充满乐观，你的人生也会因此充满快乐。

如果你不自暴自弃，没有人能让你自觉低劣。愿你做一个自信的人！

思念你的父亲

高尔基给儿子的信

高尔基,前苏联作家,社会主义、现实主义文学奠基人,政治活动家,苏联文学的创始人之一。主要作品有自传体三部曲《童年》、《在人间》、《我的大学》,散文诗《海燕》等等。

一

你走了,可是你栽种的鲜花却留了下来,在生长着。我望着它们,心里愉快地想到,我的儿子虽已离去,但却在卡普里岛留下了某种美好的东西——鲜花。

如果你在任何时候,任何地方,你一生中留给人们的都是些美好的东西——鲜花、思想,以及对你的非常美好的回忆——那你的生活将会轻松而愉快。那时你就会感到所有的人都需要你,这种感觉使你成为一个心灵丰富的人。你要知道,给永远比拿愉快。

你要文静一点,亲爱的,对妈妈要多关心,行吗?

二

你别为我的健康担心,虽然我是在苟延生命,可我是在做自己的工作。当你长大成人,自己开始建设新生活的时候,你就会明白,我没有白活在世上——这也就是我希望你的。

你也想当作家?这是好事情,我在你这样的年纪,也是第一次感觉到这种写作瘾。还极其认真地开始消耗起纸来,为此,外祖父经常抽我——抽得相当厉害,可是回忆我的往事——却使我感到愉快。

最主要的,我亲爱的人,你要努力增长学识,所有的东西只要可能——音乐、绘画、科学、所有能美化生活的东西,都应该知道。一个人知道得越多,我重复一次,他对人们来说就会越有意义、越珍贵。遗憾的是我订购了一些有趣的书,可是你好久都没有收到。

三

你的信写得不坏——详细而又清晰。只是你关于老师们的意见并不很明智，不过这算不了什么！我相信，当你再长大些，你就会用另一种口吻来较好地谈论别人。

你知道，为什么有些人令人生厌呢？因为有人触犯激怒了他们，真的，只能是这个原因，如果每天人们都嘲笑你，那么你自己再过一个月就会变得像狼一样凶狠，这不对吗？

如果你希望你周围的人都心地善良——那你就要学着关切、和蔼，有礼貌地对待他们——你就会看见，大家都会变好。生活中的一切都决定于你自己，请相信我的话。

我在为你搜集这些稀有画的图片，不久你就会有一大笔可观的欧洲所有博物馆的画片。

学习吧，朋友，这在开始时是有点枯燥和困难，可是以后——你就会离不开它，你就会很好地、容易而愉快地知道，人们过去、现在都是怎样生活的，以及他们多么想生活。

米尔顿·弗里德曼致儿子的信

米尔顿·弗里德曼，美国当代经济学家，货币学派的代表人物。以研究宏观经济学、微观经济学、经济史、统计学、及主张自由放任资本主义而闻名。其著作《资本主义与自由》于1962年出版，提倡将政府的角色最小化以让自由市场运作，以此维持政治和社会自由。1976年获诺贝尔经济学奖。

我亲爱的孩子：

你也许认为，利用有限的零碎时间读书，不会有太大的收获，就像微薄的薪水不能积蓄起巨额的财富。可是事实恰恰相反，许多利用空闲时间学习的人，最后的收获是惊人的。看看这些故事吧：

爱迪生当报童在火车站卖报时，他仍然坚持读书。每次火车在底特律停留六小时期间，他都泡在青年人协会的阅览室里。有一天，图书管理员问他读了多少书，他说已经读完了第一架上的两层，管理员不明白为什么他刚刚读过的两本书风马牛不相及，他说："我是按照书架上的次序读的，我这想把这里的书统统读完。"

正是由于这种贪婪的读书学习，青年时代的爱迪生接触到了当时很先进的著作——《法拉第电学研究》。得到这本书后，有一天，他从凌晨四点读到午餐前，别人催他吃饭时，他叹息道："人的一生多么短促，要干的事情又那么多！"他把《法拉第电学研究》压在枕头下面，哪怕在睡梦中也会打开它，以解答脑子里突然闪现的疑团，他就是这样废寝忘食地读书学习。

瑟洛·威德是一位具有五十七年报业经验的资深人士，他坚强、敏锐、和蔼、机智，具有强壮的体格。在纽约州，他的市场能影响当地公共政策的制定。他讲述了他少年时代的一段读书求知识的故事：

"我无法确定在卡茨斯基上了多长时间的学，也许不到一年，最多不超过一年半。那时我只有五六岁。我家里很穷，我很小就想找点事做，养活自己。

"我先在一家制糖厂干活，干得非常认真。现在，每当回忆起在槭树林里采集糖汁的日子，我仍然感到愉快。那时候唯一的缺憾是没有鞋穿，大冬天，我脚上裹着破毯子，到雪地里割树；春天积雪融化，树上长出了绿芽，我就把毯子扔掉，光着脚去干活。

"割完槭树后，我抽空读书。那时候农民家里只有《圣经》，要想读更多的书就得找人借。

"一个住在三英里之外的人告诉我，他从更远的地方借了一本有趣的书，我就光着脚、踏着雪到他家去借这本书。路上有的地方雪化了，我就停下来暖暖脚。偶尔整段的路没有雪，走在上面对我来说真是莫大的享受。那本书正好还在他家里，我许诺要好好保管这本书，不把它弄脏弄坏，他就把书借给我了。在回家的路上，我捧着这本书边走边看，竟然忘了脚下的雪地。

"那时候蜡烛也是一种奢侈品，要在天黑后看书，只能借着壁炉的火光看，为了看得更清楚点，就得趴在地上。我就这样如饥似渴地读完了那本借来的书——《法国革命史》。

"后来我在奥龙德加的钢铁铸造厂工作，没日没夜地锻造、打磨、准备模子，一日三餐吃些腌肉、黑麦和粗面包，把稻草堆成床。但我很喜欢呆在熔铁炉旁边，因为它的火光可以把书照亮。"

瑟洛·威德就是这样孜孜以求地读书学习，积累知识，从一个上学时间不长的无知少年最终成长为杰出的报人。

有人认为，过了宝贵的青年时期，就失去了求学的机会；到了晚年，更不能学到什么东西了。实际上，只要能利用自己的空闲时间，努力进修，全神贯注来摄取知识，那就完全可以补救青少年时期的失学，甚至使自己学富五车。瑟洛·威德就是很好的一个例子。

儿子，人的一生都是受教育的时间，我们置身其中的世界是个大学校。遇见的人、接触到的事与所得到的经验，都是这所学校最好的学习资料。只要能敞开耳目，那么，在每一天、每一分钟、每一个地方，都可以汲取到知识。然后，在空闲的时间里，把吸收来的学识反复思考、咀嚼，就可以将那些零碎的知识整合成更精湛、更有意义的学问。千万不要认为，坐在学校的教室里读书才是学习，要牢记：学习是随时随地进行的事。

在学习上，我们经常会听到这样一句话："等我有空再学习。"这句话通常表示"等手上没有什么重要的事情时再学习"。但实际上，没有所谓"空"的时间。你可能有休闲的时间，但却没有"空"的时间。在休闲的时候你也许会躺在游泳池边尽情玩乐，但这绝不是"空"的时间。你的每一分钟都很值钱。

凡是在事业上有所成就的人，都有一个成功的诀窍：变闲暇为不闲，也就是指不偷清闲，不贪逸趣。爱因斯坦曾组织过享有盛名的"奥林匹亚科学院"，每年例会，与会者总是手捧茶杯，边饮茶，边讨论，后来相继问世的各种科学创见，有不少就是产生于饮茶之余。据说，茶杯和茶壶已列为英国剑桥大学的一项"独特设备"，以鼓励科学家们充分利用余暇时间，在饮茶时沟通学术思想，交流科技成果。

"闲不住"的人们还在闲暇时间里积极开创自己的"学习第二职业"。在概率论、解析几何等方面有卓越贡献的费尔马，他的第一职业是法国图卢西城的律师，而数学则是他的"学习第二职业"。哥白尼的正式职业是大主教秘书和医生，而创立太阳系学说却成为了他"学习第二职业"的研究课题。富兰克林的许多电学成就是当印刷工人时从事"学习第二职业"的成果。"闲不住"的人们还在闲暇时间里虚心向社会上的能人贤者求教。托尔斯泰曾在基辅公路上不耻下问，请教有丰富生活经验的农民。达尔文曾在科学考察途中，拜工人、渔民、教师为师。不甘悠闲，不求闲情，已被不少成功人士视为生活、学习的准则。

当然，也有一些人的闲暇时间是白白流逝的。他们或堕入"三角"甚至"多角"的情网，或沉溺于一圈又一圈的豪赌"漩涡"，或陶醉于"摩登"、"时髦"的家具摆设，或无聊地徘徊于昏暗的街灯之下。人们在生活中灭亡于英雄事件的悲剧者甚少，消磨于极平常的或者接近于没有事情的悲剧者极多。

事实正是如此。无所事事，不进行学习，进而无事生非所造成的悲剧随处可见。有人曾多次到监狱去进行调查，让130多名青年犯人回答有关闲暇时间的若干问题，结果89％的人说他们犯案都是在闲暇时间进行的。63．9％的人说他们入狱前的业余生活是庸俗无聊、低级趣味的，总想寻求刺激，折腾闹事。85％的人说，他们之所以犯罪，基本上是因为在闲暇时间结交了思想落后、品质恶劣的坏朋友，没有进行有益的学习。

由此可见，闲暇时间的利用对个人品德和素质的发展有着很大的关系。儿子，你不能小看了这短短的闲暇时间，也许一个人成功与否就决定于他闲暇时间的利用上了。你要能够从无关紧要的事或休闲活动中窃取时间认真学习，读好社会之书，才能创造精彩的人生。

愿你抓住各种机会好好学习！

    思念你的父亲

赫胥黎致朋友儿子的信

  赫胥黎,英国著名博物学家,教育家,达尔文进化论最杰出的代表。1871—1885年任英国皇家学会秘书、会长,同时被至少53个海外科学团体授予荣誉称号。主要著作有《人类在自然界的位置》、《脊椎动物解剖学手册》、《无脊椎动物解剖学手册》、《进化论和伦理学》等。

亲爱的先生:

  非常抱歉,有些事情需要料理,所以没有及早给你回信。

  在我看来,人的首要职责是找到谋生之道,于此他就可以不必让别人来养活他。再者,一丝不苟地从事对世界有实际价值的工作,本身就是非常重要的教育,你在追求别的目标时,也会体会到这种教育的效果。放着自己喜欢的事情不做却从事自己不喜欢的事情,这是毫无意义的。如果我年轻时就明白这一点,那我就不至于浪费这么多时间。

  一个人想要在科学职业中取得成功,需要有非凡的能力、勤奋和精力。如果你具有这些能力,你处理完商业事务抽出足够的空闲,在科学工作者那里谋得一席之地。如果不具备这些能力,那你最好一心一意从事商业事务。一个年轻人,本可以在其他行当中成为对社会有用之才,可是,他却像苏格兰谚语所说的那样"想做汤勺却毁了牛角",结果却成了科学或文学领域里混饭吃的人。这种命运是再糟糕不过的了。

  你最好让你父亲也看看这封信。

你诚挚的

T·H·赫胥黎

1892年11月5日

叶赛宁致大儿子舒拉的一封信

叶赛宁，俄罗斯田园派诗人。生于梁赞省一个农民家庭，由富农外祖父养育。1914 年发表抒情诗《白桦》，1915 年结识勃洛克、高尔基和马雅可夫斯基等人，并出版第一部诗集《亡灵节》。1916 年春入伍，退伍后与赖伊赫结婚。1925 年 12 月 28 日拂晓在列宁格勒的一家旅馆投缳自尽。

我亲爱的大儿子舒拉：

接到你的信很高兴。否则我真的要怪你了，甚至想拍个电报来问问你。兴许你对我上次写给你的那封信（内附剪报）有点不快吧！原因是：你功课不错，我却责备了你一番。望你别生气，每个人是随着年龄的增长而变化的。像你这般年纪，在身体和道德上的变化往往只是几个月的事。况且我还知道，你在学习和对待同志的态度上，总之在待人方面，确实有了显著的进步。兴许我断言的过早了，是这样吗？苏维埃制度给作家和艺术家提供了十分优越的生活条件，你和米沙的童年，不论是过去或现在，在物质上都是挺舒适的，不需要通过自己的劳动就可得到"满意"的东西——毛衣料、自行车、猎枪和高级点心。而这也就在无形之中，不适当地使你产生了某些在生活方面的优越感。要是人们——不论是大人或孩子——无所思考地过着这种特殊的、优越的生活，那他们将会逐渐忘记这一切都是人民的劳动创造，从而逐渐忘记自己是人民的儿子和人民的勤务员。我殷勤地盼望你要更多地和"普通"人民大众为伴，也就是同班上的"普通家庭"出身的同学，以及柯良、柯良的同学们多接触。你不应该在疗养院休息（眼下你有病），你应该利用暑假约一些好友深入远方的集体农庄，像柯良及其同学们那样在加里宁省的居民中进行文化宣传，也可以莫斯科或其他偏僻地区的工厂参观参观。一言以蔽之，应该更多地深入到苏维埃生活的基层中去，到千百万工人、庄员和知识分子的生活中去，了解和熟悉他们的劳动，把自己看作是他们中间的一员。

我们，也就是我和你妈妈，对你们是关心不够的。以往没有督促你，而今也没有要米沙养成体力劳动的习惯。记得当我还是一个孩子的时候，我的妈妈，也就是你那现在多病的奶奶妮娜，她就要求我和我的姐姐丹娘、我的哥哥伏洛加做各种家务和农活：我们自己缝上掉落的纽扣，洗涮食具，补衣服，擦洗地板，铺叠被褥。此外，我们还收庄稼、捆庄稼、在菜园子里锄草，管理蔬菜。我有一套钳工用具，特别是我哥哥伏洛加，他爱开动脑筋，总设法要亲手制作一些东西。我们自己锯木头、劈柴和生炉子。从小就学会了套马和骑马。这一切，不仅增强了体质，且能使人养成遵守纪律的习惯。正是这些劳动，哪怕是最细小的劳动，对我、我姐姐丹娘、我哥哥伏洛加的成年生活——不论在战场上、家庭生活中、在待人接物方面以及在工厂和农村起模范作用时——都发生了巨大影响。你奶奶妮娜，那时她不像目前这样的衰老。由于她工作忙，不可能过多地照顾我们。她只是指点指点，主要是我们自觉地热爱这些劳动。而今天，我们却不曾教育你和米沙。如果你能热爱体育劳动，并以此教育自己，我该有多高兴呀！我知道你自己不会钉纽扣、补衣服上的窟窿，兴许连针都拿不像样的。又如，你未必会剪除果树上的桠杈（根本不知道桠杈）。我还难以相信，你在拆卸了自行车的全部零件后，会不会重新装配起来？大概是安德烈·费多谢耶维奇帮你忙的吧！但当你在拆卸擦洗猎枪、饲养鸽子及弹无虚发地进行射击时，我看出你是多么机灵的小伙子呀！你的手指头活动得多么精确和巧妙呀！为此，使我深深遗憾的是：你的这种机灵和才干的发挥范围实在是太狭窄了。

我家藏书甚多，其中有不少好书，杂志和报纸均可由你支配。你早应该阅读一些卓越的俄罗斯和世界古典名著、科学政治书及各种各样的杂志了。莫斯科有那么多的博物馆和画廊，你可曾到过特列季亚科夫美术博物馆、革命博物馆、列宁纪念馆、生活馆和工业馆？

我写了这些"训导"你的话并不是向你泼冷水。你有权按自己的意志去养精蓄锐，无忧无虑地过你的生活！但不管如何，晚上在你盖被就寝之前，要思量一下我说的这番话。也不是一天、两天、三天思量就够了，而是要经常想想，付诸行动。否则，一旦你踏上工作岗位，你的生活将是十分单调的。紧紧地吻你。向柯良、伏洛加及所有你的朋友致意！

爸爸

1953 年 7 月 19 日

关于成长 …

>TO GROW UF

成长的收获与代价

　　长大没有时限，有人很小的时候就长大了，也有人一辈子都长不大。可是，一直不长大未必是件好事。那份天真的快乐，并不会永远相伴，该放手时就放手，然后去寻找新的快乐不是更好一些吗？成长会让我们收获甚多，当然也会失去些许我们曾经喜欢的东西，这就是成长的代价。没错，天下没有免费的午餐。有人说成长是痛苦的，那他们一定只看见了失掉的那部分，这样的成长是一种浪费。也许是缺少安慰，也许需要点播，这时父母的话会起到很大的作用，而那些我们耳熟能详的人物会怎样开导孩子呢？翻开下一页读一读吧！

舒婷给儿子的临别赠言

舒婷，中国女诗人，出生于福建省泉州市，居住于厦门鼓浪屿。舒婷是朦胧诗派的代表人物，《致橡树》是朦胧诗潮的代表作之一。主要著作有诗集《双桅船》、《会唱歌的鸢尾花》、《始祖鸟》，散文集《心烟》等。

写《我儿子一家》时，孩子刚五岁。从那时到现在，随着孩子的成长，我陆续写了不少与他有关的文字。有时孩子跟我开玩笑：妈妈，我是你的摇钱树。今年他上高二，马上就要进入高三。我和他合作了一本书，将放在人民文学出版社的《两代人丛书》里。儿子没有专门为这本书写过任何文字，只是收集了他的周记、作文、书信、班刊和学习成绩单等等"历史资料"，当然还有他的光屁股的相片。

明年儿子如果考上大学，就会远走高飞。曾经非常想到北京念书，因为他自以为跟北方孩子十分投缘，其实他认识的只是父母的朋友，以及朋友的孩子。最近他又琢磨着要报考本市大学，图的是离家近，"至少衣服被褥可以带回家洗，还可以常常吃顿好的。"儿子投放在餐桌上的注意力，一向仅次于球场。

儿子生长在鼓浪屿，高中以后才到厦门去，那不过是比鼓浪屿稍大一点的岛屿罢了。学校不设寄宿，每天吃了早餐赶乘5分钟渡轮转公车去上学，中午吃快餐，恶狼一样扑回家吃晚饭。寒暑假我们尽量带他出门旅游，朋友聚会都有他的一席之地，他的性格相对开朗活泼。但是，我和他老爸自认都有不同程度的"孤岛意识"，加上独生子女多数有一点自闭，我怂恿他到北方读书（在福建人看来，江西、浙江就不算北方了）。经历不同的生活环境，锻炼生存能力。

只要设想儿子离家（其实还有一年多），不由心中发虚，好像要挖掉一大块肉似的。已不需要为他"临行密密缝"，

ADIDAS 的衣服不及穿，就换了 POLO。做母亲的，满腹仍然"意恐迟迟归"的盼咐，只怕儿子不耐炙人的"三春晖"先溜远了"寸草心"。为使自己届时不乱了阵脚，题词在此。

第一，关关雎鸠，在河之洲。

有一天儿子回家的时间超过了预算，他解释说："到本区幼儿园看望丈母娘哩。"实际上他是去完成规定的社会实践，教娃娃们唱歌。有时他装出一脸沮丧以示清白："我从小到大都没有谈过恋爱，岂不是太没面子了。"

好吧儿子，爱情迟早会来临。有时像春雨，润物细无声，等你觉醒，它已根深叶茂；有时像一记重槌，当胸一杵，顶得你耳鸣目眩，心碎肠断；有时像台风过境，既是烈焰般的轰轰烈烈，也是有毁灭性的一面；更多的是普通人的爱情，游戏般的挫折和考验，小小的惊喜和甜蜜，平淡、庸常、琐碎，然而持久。

我不信任中学时代的恋爱。高中功课紧张，压力大，需要付出全部精力和时间。尤其前景未明，你很难预测你的心上人会不会和你考上同一所大学，更难预测你们有没有足够的爱情，来忍受至少四年的分离，包括抵挡其他诱惑。

我还不至于土到一提到谈恋爱就考虑天长地久。但我也不能新潮到把爱情当摩登时尚或一剂精神泻药。不管初恋成功或失败，不管他是一生一世或者仅仅是过眼烟云，都必须真诚对待，才不会辱没了你和你所爱的人。

既然避孕套已经发放到某些较开明的大学校园，朝夕相处的大学生活，将在青春期的男女之间燃点什么热度的情感，孩子们有更多的信心和空间自己选择。他们不愿让父母参与，以此作为独立宣言。

我的忠告是：第一次性经验（文明说法叫第一次亲密接触），最好是和你所爱的人。这会使你对性爱的认识比较有健康的、和谐的、美好的开端，避免造成心理损伤。如果女朋友怀孕了怎么办？你们两个好好商量，共同做出决定要不要这个孩子，然后取得父母的谅解和帮助。根据中国国情，这类事通常认为是女孩子吃亏，因此她的父母比较难以接受，往往需要时间沟通。儿子，如果是这样，无论你打算结婚与否，你都可以指望我们的理解和尊重，在经济上和道义上得到完全的支持。我们将以你的幸福为幸福，因此会尽最大努力来爱你所爱的人，无论我们之间的生活方式和观念有多大的差异。

第二，吸烟何止危害健康?!

我的父兄不吸烟，丈夫和公公亦无吸烟史，家中一直是天然无烟区。偶尔夜归，见男童三两，缩在黑巷里，轮流吸着烟头，不由担心起来。问儿子："你是不是觉得抽烟很神秘？如果你和班上男同学想知道什么叫吸烟，就要请他们到家里来，我买包好烟，你们可以安全的尝试。"这只是像接种疫苗一样，试图给孩子提高对香烟的免疫力。以此还需郑重的告诫："当然，必须到此为止。"

儿子对这项新出台的家庭开放政策只是嘻嘻一笑："妈妈你忘了我有多严重的过敏性鼻炎，烟只有熏老鼠的功能，哪还有香的效果?"

可我不知道儿子离家后，会不会在环境的压力和诱惑下改变初衷？只要他吸烟，就有可能接触毒品。国内外有那么多报道，都是关于毒贩子将混了毒品的香烟发放给孩子们，最后孩子们沦落成为他们的囊中之物。我对毒品深恶痛绝势不两立，令我忘记恐惧，然而积极防卫却必不可少。

因此儿子，如果你发现自己已自觉不自觉染上毒瘾，你要鼓起勇气，全身心投入一场严酷斗争，为挽救自己生命、前途和幸福而永远不要气馁，永远不要放弃。如果这样（我但愿假设永远只是假设），这不是你一个人的战争，是一个家庭，乃至社会的共同歼灭战。你将得到所有正义力量的援助，你的父母将不惜一切代价，紧紧握住你的手，直到你彻底摆脱恶魔的阴影。

第三，是哪一只手，放在你的肩膀上？

儿子，无论你遇到什么，失恋、伤痛、过失、吸毒、战争，我都将义无反顾保持精力和信心，为你的康复与你一起努力斗争。任何时候你感到孤独，渴求温暖，你都会看到身后有我，你从不远离永不失望的母亲。

像你的同代人一样，你是我们的独生儿子。我们一直鼓励你和同龄孩子交朋友，为你举办 PARTY，支持你参加学校各项活动；不问给你打电话的是谁，仅适当管制时间，因为你有功课，而我们也需要用电话。我自己从小依赖友情，上帝慷慨赐予我许多肝胆相照的朋友，他们不但是我一生最大的财富，其柔光淡彩，同样荫护在你成长的过程中。

我深信儿子将有自己的好朋友，不管是红颜知己还是管鲍之交，相知、默契、忠诚而久远。我是一个中国母亲，接受得更多是传统教育，多次因文化交流进出西方国家，使我对同性恋问题感受良深。据有关研究报道，说同性恋是由于遗传基因所决定，不完全归结为病态，是一种生理现象，不能以正常或不正常来区分同性恋者。但是即使在西方，如果儿子 17 岁了还没有女朋友，父母便有些忧心忡忡。无论他们用民主思想如何说服自己，想到孩子的一生将遇到那么多的压力，没有家庭，没有后代，求职谋生的坎坷凄凉，亲朋的疏离斜视，有哪个妈妈内心不悲痛欲绝？

杯弓蛇影的我仔细观察着，看来儿子没有这个倾向。他对女生的兴趣和评判，对男生的欣赏和交往，都和大多数男孩子一样。

儿子，将来你会住到男生宿舍里，有许多晨昏相见的室友。相互投缘就建立友谊，不太喜欢就以礼相待，哪怕口角摩擦，都很正常。如果哪一个男孩的热情里掺有其他成分（这一种接触很容易分辨），儿子，你可以私下坦率告诉他，你有女朋友了。可能这是谎言，你仅是在表白你的性爱方式，而且考虑到不伤害别人。我憧憬并期待你的爱情瓜熟蒂落，不要轻易让别的什么赝品代替。

我将无限欣喜欢迎我的儿子，当他挽着一个姑娘的肩膀，把她带到家里。

儿子从我的肩后看到这段文字，补充说："更有可能的是，我只会抱回一个小 BABY，说：请你暂时收养我的孩子吧，妈妈。"

呵，儿子，我很愿意。

巴金致十个寻找理想的孩子的信

巴金，原名李尧棠，字芾甘，中国现代著名的文学家、出版家、翻译家。同时也被誉为是"五四"新文化运动以来最有影响力的作家之一，是 20 世纪中国杰出的文学大师、中国当代文坛的巨匠。主要代表作有《家》、《春》、《秋》等。

亲爱的同学们：

你们的信使我感到为难。我是一个有病的老人，最近虽然去北京开过会，可是回到上海就仿佛生了一场大病似的，一点力气也没有，讲话上气不接下气，写字手指不听指挥。因此要"以最快的速度"给你们一个回答，我很难办到。我只能跟在你们背后慢慢地前进，即使远远地落在后面，我还可以努力追赶。但要带着你们朝前飞奔，不是我不愿意，而是力不能及了。这就说明我不但并无"神奇的力量"，而且连你们有的那种朝气我也没有，更不用说什么"神秘钥匙"了。

不过我看你们不必这样急，"寻求理想"不是一天、两天的事。理想是存在的。可是有的人追求了一生只得到幻灭；有的人找到了它一直坚持到生命的最后一息。各人有各人的目标，对理想当然也有不同的理解。我听广播、看报纸，仿佛人们随时随地都在谈论"理想"，仿佛理想在前面等待人，只要你一伸手就可以把它抓住。那么你们为什么还那样着急地向我"呼救"呢？你们不是都有了理想吗？你们在"向钱看"的社会风气中感觉到窒息，不正是说明你们的理想起了作用吗？我不能不问，你们是不是感到了孤独，因此才把自己比作"迷途的羔羊"？可是照我看，你们并没有"迷途"，"迷途"的倒是你们四周的一些人。

我常常想，我们生活在其中的社会有时会是十分古怪，叫人难以理解。人们喜欢说，形势大好，我也这样说过。这种说法不是没有道理，我也有自己的经验。根据我耳闻目睹，舍身救人、一心为公的英雄事迹和一人有难八方支援的好人好事，每天都在远近发生。从好的方面看，当然一切都好；但要是专找不好的方面看，人就觉得好像被坏的东西包围了。尽管形势大好，总是困难很多；尽管遍地理想，偏偏有人唯利是图。你们说这是"新的现象"，我看风并不是一天两天刮起来的。面对着这种现象，有人毫不在乎，他们说这是支流敌不过主流，正如邪不胜正。即使出现这样的情况，譬如说钞票变成了发光的"明珠"，大家追求一个目标：发财，人人争当"能赚会花"的英雄；又譬如说从喜欢空话、爱听假话，发展到贩卖假药、推销劣货，发展到以权谋私、见利忘义，……也不要紧，因为邪不胜正。还有人说："你不要看风越刮越厉害，不久就会过去的。我们有定风珠嘛！"同他们交谈，我也感到放心，我也是相信邪不胜正的人，我始终乐观。

　　同学们，请原谅，我不是在这里讲空话。束手等待是盼不到美好的明天的。我说邪不胜正，因为在任何社会里都存在着是与非、光明与阴暗的斗争。最后的胜利当然属于正义、属于光明。但是在某一个时期甚至在较长的一段时期，是也会败于非，光明也会被阴暗掩盖，支流也会超过主流，在这里斗争双方力量的强弱会起大的作用。在这一场理想与金钱的斗争中我们绝不是旁观者，斗争的胜败关系到我们每个人的命运。我们是这个社会的成员，是这个国家的公民。要是我们大家不献出自己的汗水和才智，那么社会的发展和国家的腾飞，也不过是一句空话。我常常想为什么宣传了几十年的崇高理想和大好形势，却无法防止黄金瘟疫的传播？为什么用理想教育人们几十年，那么多的课本，那么多的学习资料，那么多的报刊，那么多的文章，到今天年轻的学生还仿惶无主、四处寻求呢？

　　小朋友们，不瞒你们说，对着眼前五光十色的景象，就连我有时也感到迷惑不解了。我要问，理想究竟是什么？难道它是虚无缥缈的东西？难道它是没有具体内容的空话？这几十年来我们哪一天中断过关于理想的宣传？那么传播黄金疫的病毒究竟来自何处、哪方？今天到处在揭发有人贩卖霉烂的食品，推销冒牌的假货，办无聊小报，印盗版书，做各种空头生意，为了带头致富，不惜损公肥私、祸国害人。这些人，他们也谈理想，也讲豪言壮语，他们说一套，做另外一套。对他们，理想不过是招牌、是装饰、是工具。他们口里越是讲得天花乱坠，做的事情越是见不得人。"向前看"一下子就变为"向钱看"，定风珠也会变成风信鸡。在所谓"不正之风"刮得最厉害、是非难分、真假难辨的时候，我也曾几次疑惑地问自己：理想究竟在什么地方？它是不是已经被狂风巨浪吹打得无踪无影？我仿佛看见支流压倒了主流，它气势汹汹地滚滚向前。然而即使在这个时候我也没有理由灰心绝望，因为理想明明还在我前面闪光。

理想，是的，我又看见了理想。我指的不是化妆品，不是空谈，也不是挂在人们嘴上的口头禅。理想是那么鲜明，看得见，而且同我们血肉相连。它是海洋，我好比一小滴水；它是大山，我不过一粒泥沙。不管我多么渺小，从它那里我可以汲取无穷无尽的力量。拜金主义的"洪流"不论如何泛滥，如何冲击，始终毁灭不了我的理想。问题在于我们一定要顶得住。我们要为自己的理想献身。

我在二十年代写作生活的初期就说过："把个人的生命连系在群体的生命上面，在人类繁荣的时候，我们只看见生命的连续，哪里还有个人的灭亡？"在三十年代中我又说："我们每个人都有更多的同情，更多的爱，更多的欢乐，更多的眼泪，比我们维持自己的生存所需要的多得多，我们必须把它们分给别人，不这样做，我们就会感到内部干枯。"你们问我伏案写作的时候想的是什么，我追求什么？我可以坦率地回答：我想的就是上面那些话。我追求集体的幸福和繁荣。

五十几年来我走了很多的弯路，我写过不少错误的文章，我浪费了多少宝贵的光阴，我经常感受到"内部干枯"的折磨。但是理想从未在我的眼前隐去，它有时离我很远，有时仿佛近在身边；有时我以为自己抓住了它，有时又觉得两手空空。有时我竭尽全力，向它奔去，有时我停止追求，失去一切。但任何时候在我的前面或远或近，或明或暗，总有一道亮光。不管它是一团火，一盏灯，只要我一心向前，它会永远给我指路。我的工作时间剩下不多，我拿着笔已经不能挥动自如了。我常常谈老谈死，虽然只是一篇短短的"随想"，字里行间也流露出我对人生无限的留恋。我不需要从生活里捞取什么，也不想用空话打扮自己，趁现在还能够勉强动笔，我再一次向读者，向你们掏出我的心：光辉的理想像明净的水一样洗去我心灵上的尘垢，我的心里又燃起了热爱生活、热爱光明的火。火不灭，我也不会感到"内部干枯"……

亲爱的同学们，我多么羡慕你们。青春是无限地美丽，青年是人类的希望，也是我们祖国和人民的希望，这样一个信念，贯串着我的全部作品。理想就在你们面前，未来属于你们。千万要珍惜你们宝贵的时间。只要你们把个人的命运同集体的命运连在一起，把人民和国家的位置放在个人之上，你们就永远不会"迷途"。理想不抛弃苦心追求的人，只要不停止追求，你们会沐浴在理想的光辉之中。不用害怕，不要看轻自己，你们绝不是孤独的！昂起头来，风再大，浪再高，只要你们站得稳，顶得住，就不会给黄金潮冲倒。

这就是一个八十一岁老人的来迟了的回答。

巴金

一九八五年六月二十五日

杰克·韦尔奇致儿子的信

杰克·韦尔奇,原通用电气董事长兼CEO,1935年11月19日出生于马萨诸塞州塞勒姆市,1960年,加入通用电气塑胶事业部;1981年4月,成为通用电气历史上最年轻的董事长和CEO。

亲爱的儿子:

记得你上次和我谈起你的梦想时,我正忙于工作未能抽出时间和你交流。我很过意不去,现在就和你谈谈吧!

我们先看看这样一个故事:美国奥兰多朗托斯业务推广公司的总裁潘·朗托斯曾在她的演讲中,仔细地描绘了她一路圆梦的经过。

多年前,朗托斯是一个肥胖、沮丧的家庭主妇,每天总睡上18个小时。一天,她突然觉得自己已厌倦这样的生活,决心做些改变。

她开始聆听一些有关积极思想的录音带。录音带里说,得一天3次对自己重复肯定宣言。她于是一天说上50次。录音带里说,必须在心里时常想一个固定的成功形象,她便也全天候照做。她把一个形象健美的明星照片贴在墙上,只是头部切换成自己的照片。她一遍又一遍的在脑海中描绘自己外向、整洁、自信的样子。一段时间之后,她发现图像开始和自己符合了。她不仅减轻了20公斤的赘肉,而且自信许多,也开始运动了。

接着,她找到了一份销售员的工作。同样地,她也幻想自己成为顶尖销售员,没多久,她也办到了!尔后,她决定转到广播电台做销售,于是她开始幻想自己在某特定的电台做事。但事实上,电台的经理却一再表示电台里没有缺额,也不愿见她。但意志力越来越坚强的朗托斯已不再愿意接受任何"NO"。她索性在电台经理办公室正对面搭棚露宿,直到这位经理肯见她为止。当然,她也得到了那份原先不存在的工作。

运用积极思想、正面宣言，以及辛勤非凡的努力，朗托斯连续升任到电台的业务经理。一向不怎么出色的电台广告业绩，在她的积极与努力下，短时间竟传奇般的整整提升了7倍之多。

不到两年的时间，朗托斯成为迪士尼旗下夏洛克广播公司的副总裁。尔后，她创立了自己的公司。朗托斯的经历，教导人们如何在心中描绘成功的景象，确认并实现它。一般人总是以自我概念来设定目标。自我形象良好的人，往往目标也较为远大。相反地，自我形象差的人，通常一开始便不愿意相信自己能够拥有梦想。也正因为如此，如果我们能够借着不断地在脑海描绘、塑造一个崭新、良好的自我形象，便能一步步使命运逐渐转向。

所有的成功者，在他们真正完成梦想之前，都已经先运用想象力预见自己的成功图像。不管他们开始时多贫穷，不管他们受正式教育的历程是多么短暂，也不管他们结识的人多么稀少，他们都能想象自己能成功。他们自信能够成功，生命就以事实回应他们的梦想，以符合他们的自我形象与对成功所持有的信念。

一个人如果想成功，就必须先有梦想，并时常以肯定，正面的自我宣言，不断的自我教育、自我塑造、自我激励。成功，永远属于那些相信梦想、敢于梦想的人。

儿子，你已经有了自己的梦想，这很好！说明你已经有了目标，祈求成功，这是值得庆贺的。剩下的就是行动，用相信自己的梦想、实现自己的梦想的真实行动，来达成梦想。

祝你梦想成真！

爱你的父亲　韦尔奇

玛丽·玛特琳给女儿的信

玛丽·玛特琳，美国女演员。出生于美国伊利诺伊州莫顿格罗夫市，18 个月大时她就失去了听觉，但她却是奥斯卡奖历史上最年轻的最佳女主角奖获得者，也是第一位荣膺此奖项的听障人士，也是四位初涉银幕就获得奥斯卡小金人的女演员之一。

亲爱的宝贝小天使们：

今天是我 50 岁的生日。当年，我的母亲在过了 50 岁生日之后一个月就去世了，那是在她因癌症住院三个星期之后，癌症已经转移，没有任何救治的可能了。我无法面对这种不幸。我备受打击，伤心欲绝，无法接受别人的安慰。那时我才 26 岁，根本无法接受失去母亲这一事实。要知道，她曾是我最好的朋友，我身边最亲的伴儿啊！为了摆脱这突如其来、难以抑制的悲痛，我在毫无准备和想法的情况下，仓促地开始攻读对我而言完全陌生的政治学学位，仅仅希望学习能够填充自己的生活，驱散我心头令人窒息的伤痛。我茫然地生活着，从未打算要生孩子。

15 年之后（经历了很多的人生风雨），我怀孕了（呵呵，对于一个 41 岁的女人来说，这一点儿也不算早）。怀孕带给我惊喜，却也让我开始煎熬地思念母亲。但是，这一次，我所体味到的不再是单纯的伤心，而是真正的恐惧。没有母亲，我怎么能生下这个孩子？我会抚养孩子吗？以前她教我的时候，我为什么就没能认真学呢？

于是，我如饥似渴地阅读了所有的育儿类书籍，不管作者是白发苍苍、经验丰富的医生，还是时髦的儿语专家。在研究这些书的时候，我猛然看到了母亲，看到她再一次来拯救我了。于是，母亲复活了，并用她自己的方式向我娓娓述说着为人之母的独特智慧——都是母亲曾教给我的一些常识，她常说这些常识来自于她的母亲。其实，这些常识辈辈相传，可以追溯到我们家族里面的第一任母亲。尽管那些参考书让我鼓起了勇气迎接你们的到来（毕竟，第一次当妈妈的感觉是令人生畏的），但是，在教导我怎样过一种美好而真实的生活方面，任何一本书——哪怕是所有的书加起来——都比不上母亲全面的智慧和生活经验。现在，母亲的声音仍然萦绕耳畔。在我像你们现在一样小的年纪，这些怪怪的"妈妈语"曾使我不解地转着眼珠。记得吧，你们俩也都曾如此，还对我抱怨说："妈妈，您让我难堪啦！"

你们外婆的育儿经，基本上是简单地综合了本杰明·富兰克林的语录和《圣经》。她喜欢说些老生常谈，比如：

省一文就是赚一文。

小洞不补，大洞吃苦。

不打不成器。

越努力越幸运。

无罪的人可以先拿起石头打她。

好啦，让我们来说说转眼珠吧。以前，我觉得母亲的那些话很土气。现在，我不这么想了，你们以后也会这样的。直到今天，你们的瑞妮姨妈、斯蒂文舅舅，还有我，都还在无意识地用外婆的话来教育你们和你们的表兄妹们。所以，不论是否意识到，你们已经和我们家族世代相传的"智慧链"拴在一起了。

瞧，你们现在又在转眼珠啦！但是，亲爱的孩子们，请相信我：在人生之路上，你们会经常求助于并依赖这种古老而朴素的智慧。它会引导你们的行为、决策和各种关系。当你们在探寻自己的独特潜质时，它会一直支撑和激励你们。当你们需要解决问题时，它将为你们提供帮助和力量。当你们懂得了该怎样效力社会和国家时，它会成为你们的参照。

尽管母亲经常用平实的俏皮话来表达深奥的道理，但她的每一句妙语都开启了一次长长的人生对话——母女间的心灵探索和分享。现在，咱们会时常聊起爱情、得失、善恶；聊起衣着、男孩子、发型和化妆；聊起学校和社区；聊起朋友、家庭和信仰；聊起你们……最特别的你们。然而，你们俩只是刚刚开始经历人生的得意和失意。你们会因今天种种丑恶的恐怖事件而苦恼，也会因看见彩虹或者到别的小朋友家里过夜而兴奋。你们有数不清的问题，还经常觉得我的答案没有道理。孩子们，请相信妈妈，你们的问题是无穷尽的，但是母亲的智慧将帮助你们找到你们自己的答案。

每当母亲对我大加赞赏和鼓励的时候，我就会告诉她和我自己："您的话不算数！因为您觉得我哪里都好。"玛蒂、爱玛，你们已经对我说同样的话了。所以，我现在要告诉你们的是在我母亲去世很多年之后我才想明白的一些事情。首先，没有任何人的意见比妈妈的意见更重要。它会不停地在你们的耳边响起，会潜伏在你们的下意识里，引导你们前进，阻止你们后退。它会鼓舞你们，保护你们。无论世事如何变迁，妈妈的意见将会伴随你们一生。

其次，永远都不会有任何人像妈妈一样，在任何情况下都觉得你们完美无缺。

你们会重视许多人的意见，也有许多许多人会认为你们很了不起（因为你们的确如此），但是，当你们在心灵深处寻找最优秀、最坚强的自己时，总是会发现只有妈妈活在你们的灵魂里。

我对此有深刻而全面的了解，因为只有在灵魂里我才能与自己的妈妈交谈。每天，我都祈祷自己永远做一个最好的妈妈。若是今天你们磕破了脚趾头，或者明天自尊心受到了伤害，妈妈就是你们可以依靠的人。就像在你们刚学会骑自行车时，我高兴得大笑了起来一样，就像这样，妈妈一定会为你们人生中的每一次进步而欢欣雀跃！

在你们两个小家伙出生之前，我就开始给你们写信了。后来，我的工作要转向去处理我们在今天仍要面对的邪恶问题，这让我愈发紧迫地给你们写信；而我的年龄迫使我考虑自己是否能陪你们度过每一个明天，这让我写信的目的也更严肃了。高兴的是，我发现所有的信中都回荡着我母亲的声音。事实上，你们现在每天都能从我这里听到她的声音。

为了保存这些睿智的声音，也为了指导你们的生活，我要写信给你们。我希望，未来的某一天，你们会把妈妈传递给你们的智慧告诉你们自己的孩子。

　　孩子们，没有谁比妈妈知道得更多——因为这是我说的！那么首先，我要告诉你们一个最真切的道理：对自己孩子的爱是世间可寻的最大的快乐和最深刻的爱。

我爱你们
妈妈

洛克菲勒给儿子的信

约翰·戴维森·洛克菲勒（1839—1937），美国资本家，也是20世纪第一个亿万富翁，在他漫长的一生中，人们对他毁誉参半。他极为沉默寡言、神秘莫测，一生都在各种不同角色和层层神话的掩饰下度过。《福布斯》网站曾公布过"美国史上15大富豪"排行榜，最终约翰·戴维森·洛克菲勒名列榜首。

亲爱的约翰：

聪明人说的话总能让我记得很牢。有位聪明人说得好，"教育涵盖了许多方面，但是他本身不教你任何一面。"这位聪明人向我们展示了一条真理：如果你不采取行动，世界上最实用、最美丽、最可行的哲学也无法行得通。

我一直相信，机会是靠机会得来的。再好的构想都有缺陷，即使是很普通的计划，但如果确实执行并且继续发展，都会比半途而废的好计划要好得多，因为前者会贯彻始终，后者却前功尽弃。所以我说，成功没有秘诀，要在人生中取得正面结果，有过人的聪明智慧、特别的才艺当然好，没有也无可厚非，只要肯积极行动，你就会越来越接近成功。

遗憾的是，很多人并没有记取这个最大的教训，结果将自己沦为了平庸之辈。看看那些庸庸碌碌的普通人，你就会发现，他们都在被动地活着，他们说的远比做的多，甚至只说不做。但他们几乎个个都是找借口的行家，他们会找各种借口来拖延，直到最后他们证明这件事不应该、没有能力去做或已经来不及了为止。

与这类人相比，我似乎聪明、狡猾了许多。盖茨先生吹捧我是个主动做事、自动自发的行动者。我很乐意这样的吹捧，因为我没有辜负它。积极行动是我身上的另一个标识，我从不喜欢纸上谈兵或流于空谈。因为我知道，没有行动就没有结果，世界上没有哪一件东西不是由一个个想法付诸实施所得来的。人只要活着，就必须考虑行动。

很多人都承认，没有智慧的基础的知识是没用的，但更令人沮丧的是即使空有知识和智慧，如果没有行动，一切仍属空谈。行动与充分准备其实可视为物体的两面。人生必须适可而止。做太多的准备却迟迟不去行动，最后只会徒然浪费时间。换句话说，事事必须有节制，我们不能落入不断演练、计划的圈套，而必须承认现实：不论计划有多周详，我们仍然不可能准确预测最后的解决方案。

我当然不否认计划非常重要，计划是获得有利结果的第一步，但计划并非行动，也无法代替行动。就如同打高尔夫球一样，如果没有打过第一洞，便无法到达第二洞。行动解决一切。没有行动，什么都不会发生。我们无论如何也买不到万无一失的保险，但我们可以做到的是下定决心去实行我们的计划。

缺乏行动的人，都有一个坏习惯：喜欢维持现状，拒绝改变。我认为这是一种深具欺骗和自我毁灭效果的坏习惯，因为一切都在变化之中，正如人会生死一样，没有不变的事物。但因内心的恐惧——对未知的恐惧，很多人抗拒改变，哪怕现状多么不令他满意，他都不敢向前跨出一步。看看那些本该事业有成，却一事无成的人，你就知道不同情他们是件很难的事。

是的，每个人在决定一件大事时，心里都会或多或少有些担心、恐惧，都会面对到底要不要做的困扰。但"行动派"会用决心燃起心灵的火花，想出各种办法来完成他们的心愿，更有勇气克服种种困难。

很多缺乏行动的人大都很天真，喜欢坐等事情自然发生。他们天真地以为，别人会关心他们的事。事实上，除了自己以外，别人对他们不大感兴趣，人们只对自己的事情感兴趣。例如一桩生意，我们获利比重越高，就要越主动采取行动，因为成败与别人的关系不大，他们不会在乎的。这时候，我们最好把它推一把，如果我们怠惰、退缩，坐等别人采取主动来推动事情的话，结果必定会令人失望。

一个人只有自己依靠自己，他才不会让自己失望，并能增加自己控制命运的机会。聪明人只会去促使事情发生。人生中最令人感到挫折的，莫过于想做的事太多，结果不但没有足够的时间去做，反而想到每件事的步骤繁多，而被做不到的情绪所震慑，以致一事无成。我们必须承认，时间有限，任何人都无法做完所有的事情。聪明人知道，并非所有的行动都会产生好的结果，只有明智的行动才能带来有意义的结果，所以聪明人只会汲取做了以后获得正面效果的工作，做与完成最大目标有关的工作，而且专心致志，所以聪明人总能做出最有价值的贡献，并捞到很多好处。

要吃掉大象需要一口一口地吃，做事也是一样，想完成所有的事情，只会让机会溜掉。我的座右铭是：洛克菲勒对紧急事件采取不公平待遇。

很多人都是自己使自己变成一个被动者的，他们想等到所有的条件都十全十美，也就是时机对了以后才行动。人生随时都是机会，但是几乎没有十全十美的。那些被动的人平庸一辈子，恰恰是因为他们一定要等到每一件事情都百分之百的有利，万无一失以后才去做。这是傻瓜的做法。我们必须向生命妥协，相信手上的正是目前需要的机会，才会将自己挡在陷入行动前永远痴痴等待的泥沼之外。

我们追求完美，但是人类的事情没有一件绝对完美，只有接近完美。等到所有条件都完美以后才去做，只能永远等下去，并将机会拱手让给他人。那些要等到所有事情都已经准备妥当才出发的人，将永远也离不开家。要想变成"我现在就去做"的那种人，就得停止一切白日梦，时时想到现在，从现在就开始做。诸如"明天"、"下礼拜"、"将来"之类的句子，跟"永远不可能做到"意义相同。

每个人都有失去自信，怀疑自己能力的时候，尤其是在逆境中的时候。但真正懂得行动艺术的人，却可以用坚强的毅力克服它，会告诉自己每个人都有失败的时候，有失败得很惨的时候，会告诉自己不论事前做了多少准备、思考多久，真正着手做的时候，都难免会犯错误。然而，被动的人，并不把失败视为学习和成长的机会，却总在告诫自己：或许我真的不行了，以致失去了积极参与未来的行动。

　　很多人都相信心想事成，但我却将其视为慌言。好主意一毛钱能买一打，最初的想法只是一连串行动的起步，接下来需要第二阶段的准备、计划和第三阶段的行动。在我们这个世界上从来不缺少有想法有主意的人，但懂得成功地将一个好主意付诸实践比在家空想出一千个好主意要有价值得多的人却很少。

　　人们用来判断你的能力的真正基础，不是你脑子里装了多少东西，而是你的行动。人们都信任脚踏实地的人，他们都会想：这个人敢说敢做，一定知道怎么做最好。我还没听过有人因为没有打扰别人、没有采取行动或要等别人下令才做事而受到赞扬的。那些在工商界、政府、军队中的领袖，都是很能干又肯干的人、百分之百主动的人。那些站在场外袖手旁观的人永远当不成领导人物。

　　不论是自动自发者还是被动的人，都是习惯使然。习惯有如绳索，我们每天纺织一根绳索，最后它粗大得无法折断。习惯的绳索不是带领我们到高峰就是引领我们到低谷，这就得看好习惯或坏习惯了。坏习惯能摆布我们、左右成败，它很容易养成，但却很难伺候。好习惯很难养成，但很容易维持下去。

　　要有现在就做的习惯，最重要的是要有积极主动的精神，戒除精神散漫的习惯，要决心做个主动的人，要勇于做事，不要等到万事俱备以后才去做，永远没有绝对完美的事。培养行动的习惯，不需要特殊的聪明智慧或专门的技巧，只需要努力耕耘，让好习惯在生活中开花结果即可。

儿子，人生就是一场伟大的战役，为了胜利，你需要行动，再行动，永远行动！

这样，你的安全就能得到保障。

祝圣诞节快乐！我想没有比在此时送给你这封信，更好的圣诞礼物了。

爱你的父亲

查尔斯·林白写给儿子的一封信

查尔斯·林白，美国飞行员，首个进行单人不着陆的跨大西洋飞行的人。1924年，他开始随美国陆军航空团，训练成美国空军飞行员。以第一名毕业后，他成为了空邮飞行师，在圣路易斯线工作。

亲爱的保罗：

在这封信中，我想先从一个故事谈起。

从前，有甲、乙两个饥饿的人遇到了一位长者。长者给予他们这样的恩赐：一根鱼竿和一篓鲜活硕大的鱼，任选其一。甲要了一篓鱼，乙要了一根鱼竿，然后他们分道扬镳了。

甲原地用干柴搭起篝火煮起了鱼，他狼吞虎咽，还没有品出鲜鱼的肉香就把鱼吃完了，接着把汤也喝了个精光。不久，他便饿死在空空的鱼篓旁。乙则继续忍饥挨饿，他提着鱼竿一步步艰难地向海边走去。可当他已经看到不远处那片蔚蓝色的海洋时，浑身最后的一点力气也使完了，只能眼巴巴地带着无尽的遗憾撒手人寰。

后来，又有丙、丁两个饥饿的人，他们同样分别得到了长者恩赐的一根鱼竿和一篓鱼。只是他们并没有像前两个人那样各奔东西，而是商定共同去找寻大海。每当他们饥饿万分时，他俩每次只煮一条鱼。经过遥远的跋涉，终于来到了海边。从此，两人开始合作捕鱼为生的日子。几年后，他们都过上了幸福安康的生活。

甲和乙，甲太过于注重眼前现实，乙太过于考虑长远，两人都无法生存；丙和丁则把这两者有机地结合了起来，从而都过上了幸福的生活。

他们不同的做法与结局告诉我们：面对生存，既不能像甲那样只顾眼前的利益，也不能像乙那样太不切实际，只有像丙和丁那样把现实与理想有机地结合起来，通过合作，去迎接生活的挑战，才能走出生存绝境。

当今，在残酷的社会竞争面前，要想成功，单凭个人之力是很难达到的，从无数成功者的经验和失败者的教训中，人们已经得出了结论：在这个世界上，没有人能独自成功！时代已发出了强有力的呼唤——合作！

合作不仅是成功的最佳捷径，也是成功的惟一出路。

我们生存在一个合作的时代中，几乎所有的成功，都是在某种合作的形式下取得的。

毫无疑问，时代已发展到了需要更高层次协调合作的时代，我可以断定：不懂合作的人，是无法走进成功的殿堂的。

合作的意义与重要性甚至连自然界的动物都本能地知道，例如，大雁在本能上就知道合作的价值。我们经常会注意到大雁以 v 字形飞行。科学家曾在风洞试验中发现，成群的雁以 v 字形飞行，比一只雁单独飞行能多飞百分之十二的距离。人类也是一样，只要能跟同伴合作而不是彼此争斗的话，往往能"飞"得更高、更远，而且更快。

儿子，在迈向成功的过程中，你引以为豪的个人能力无疑起着重要的作用。但也应该看到，若没有朋友的帮助、家庭的支持、同事的合作，你的成功只是海市蜃楼而已。没有人能独自成功。离开了合作，你将一事无成。你能理解这个道理吗？儿子。

鉴于时间关系，长话短说，就此搁笔吧！

祝你快乐！

思念你的父亲

林肯致儿子的信

　　林肯，美国政治家，第 16 任总统，也是首位共和党籍总统。在其总统任内，美国爆发了内战，史称南北战争。林肯击败了南方叛乱势力，废除了奴隶制度，维护了国家的统一。但就在内战结束后不久，林肯不幸遇刺身亡。

亲爱的儿子：

你知不知道这样一个故事：

　　亚历山德拉大图书馆被烧之后，只有一本书保存了下来，但并不是一本很有价值的书。于是一个识得几个字的穷人用几个铜板买下了这本书。这本书的内容并不怎么有趣，但里面却有一个非常有趣的东西，那是窄窄的一条羊皮纸，上面写着"点金石"的秘密。

　　点金石是一块小小的石头，它能将任何一种普通的金属变成纯金。羊皮纸上的文字解释说，点金石就在黑海的海滩上，和成千上万与它看起来一模一样的小石子混在一起，但真正的点金石摸上去很温暖，而普通石子是冰凉的。然后这个人变卖了他为数不多的财产，买了一些简单的装备，在黑海边扎起帐篷，开始检验那些石子。

　　他知道，如果他捡起一块摸上去冰凉的石子就将其扔在地上，他就有可能几百次捡起同一个石子，所以当他摸着冰凉的石子的时候，就将它扔进大海里。他这样干了一整天，却没有捡到一块点金石。然后他又这样干了一个星期、一个月、一年、三年，但是他还是没有找到点金石。但他仍然继续这样干下去：捡起一块石子，是凉的，将它扔进海里；又捡起另一块，若还是凉的，再把它扔进海里……

　　但是有一天他捡起了一块石子，这块石子是温暖的……他仍把它随手扔进了海里。他已经如此习惯于做扔石子的动作，以至于当他真正想要的那一个到来时，他也还是将其扔进了海里！

这个故事告诉我们一个浅显的道理，习惯有时会成为获取成功的障碍，让人们扔掉握在手里的机会——坏的习惯尤其如此。

如果人们能够在那个人的大脑和神经系统中看到他的习惯的发展轨迹，就会发现一条弯弯曲曲的小径，一开始就出现了，他带来了一些看似无关紧要的不良行为。正是这些行为直接导致那个人的结果。一切专业教育和技术教育都基于这样的理论：如果神经系统对习惯的刺激变得越来越敏感，也就能越来越快地作出反应。人们总是容易忽视习惯形成的生理基础。对一个行为的每一次重复，都会增加人们再次实施它的几率。人们还发现自己的体内有一种神奇的机制，那就是倾向于不断的甚至永久性的重复，而且这种倾向的灵活机敏性也随着重复次数的增加而不断地提高。最终的结果是：开始的行为，由于自然的条件反射，成了自动的行为，不再受大脑的控制。

通常，人们不懂得告诉那些性格扭曲的人：严峻的斗争仍然摆在他们面前，考验还远远没有结束，必须进行长期的、艰苦卓绝的战斗，以无比虔诚的心态和无比坚定的意志力来控制自己的行为，同过去的坏习惯决裂，才能够为以后形成更好的习惯奠定坚实的基础。没有人告诉他们，无论他们付出多大的努力，在某些松懈的时刻，一些陈旧的开关仍然可能会被不小心打开，沉淀在心中的欲望仍然会决堤而出，而且很有可能在他意识到这一问题之前，自己已经再一次屈服旧习惯的诱惑了，尽管他已经下了千百次决心要克服和抵制这种诱惑。

有人认为坏习惯可以轻而易举地克服，就姑息它，日久天长，坏习惯像锁链一样缠住了他，只有靠那坚定的意志、反复做出正确的行为、经过一个艰苦的过程才能得以纠正。坏习惯就像一颗长弯的小树，人们不可能一下子把它弄直。要想纠正它，人们可以搬来两块石头，夹住它，用绳子捆紧。它不是一朝一夕能纠正的，这需要几个月，甚至几年。

"怎样才能改变一个习惯？"

唯一的答案是：当初怎么养成这个习惯，现在就怎么来克服它。

倘若以前是一步步堕入了恶习，现在就一步步走出泥沼。

倘若以前是屈服于诱惑，现在就坚定地拒绝它。

儿子，凡是渴望成功的人，都应该对自己平时的习惯作深刻的检讨，把那些妨碍成功的恶习找出来，如举止慌乱、急躁不安、萎靡不振、言语尖刻、不守时、马马虎虎等，你要勇于承认身上的不良习惯，不要找借口搪塞。把他们记下来，对照他们引起的错误，想想今后应该怎么做。若能持之以恒地纠正他们，就一定有巨大的收获——改正了过去的不良习惯。

爸爸相信你一定做得很好！

                思念着你的父亲

纪伯伦致儿子的信

纪伯伦，美籍黎巴嫩诗人、作家、画家。被称为"艺术天才"、"黎巴嫩文坛骄子"，是阿拉伯现代小说、艺术和散文的主要奠基人，20世纪阿拉伯新文学道路的开拓者之一。其主要作品蕴涵了丰富的社会性和东方精神，旨在抒发丰富的情感。

我的杰里，你好：

别再为你的所失而不快了，人生本来就是这样一个取舍的过程，你要学会以平和的心态顺其自然地面对人生的取舍得失，学会选择。

人的情感总是希望有所得，以为拥有的东西越多，自己就越快乐。所以，这一人之常情迫使人们沿着追寻获得的路走下去。可是，有一天，忽然警觉：郁闷、无聊、困惑、无奈，一切不快乐都和自己的要求有关，你之所以不快乐，是你渴望拥有的东西太多了，或者，太执著了，不知不觉，你已经执迷于某个事物上了。

下面，爸爸讲一个寓言给你听：

有一天，一只狐狸走到一个葡萄园外，看见里面水灵灵的葡萄馋涎欲滴。可是外面有栅栏挡住，无法进入。于是狐狸一狠心绝食三天，减肥之后终于钻进葡萄园内饱餐一顿。当它心满意足地想离开时，发觉自己吃的太饱，怎么也钻不出栅栏。无奈，只好再饿肚三天，才钻了出来。

你看，这只狐狸为了得——吃葡萄，而不得不失——绝食三天；然而在吃了葡萄后，又钻不出栅栏，于是又只好失——

饿肚三天，才又有所得——钻出栅栏。这说明什么呢？该放弃的就放弃，选择了不该放弃的最后仍然得不到。

你还记得你曾经看过这样一部动画片吗？一个人丢了一把斧子，他认准是邻居家的小子偷的，于是，出来进去，怎么看都像是那个小子偷了斧子。在这个时候，他的心思都凝结在了斧子上，斧子就是他的世界，他的宇宙。后来，斧子找到了，他心头才豁然开朗，怎么看都不像是那个小子偷的。仔细观察我们的生活，我们都有一把"丢失的斧子"，这"斧子"就是我们热衷而现在还没有得到的东西。

有时候，人们明明知道那不是自己的，却想去强求，或可能出于盲目自信，或过于相信精诚所至、金石为开，结果不断地努力却遭受不断的挫折。有的靠缘分，有的靠机遇，有的得需要人们以看山看水的心情来欣赏，不是自己的不强求，无法得到的就放弃。这才是明智的。人们不必为所失而不快。

我们在生活中，时刻都在取与舍中选择，我们又总是渴望着取，渴望着占有，常常忽略了舍，忽略了占有的反面——放弃。懂得了放弃的真意，也就理解了中国成语"失之东隅，收之桑榆"的妙谛。懂得了放弃的真意，静观万物，体会与世界一样博大的境界，我们自然会懂得适时地有所放弃，这正是我们获得内心平衡，获得快乐的好方法。

记得《圣经》里有一句话：人降临世界时手是合拢的，似乎在说："世界是我的。"他离开世界时手是张开的，仿佛在说："瞧，我什么都没有带走。"其实，人生就是一个赤条条地来，又赤条条地走的过程。但这里的关键是一个心态的问题，如果拥有一份悠然自得平常心，不为滚滚名利所累，那一定会活出一个相当的境界。正确地面对得失，自然地面对得失。

可爱的儿子，现在你懂了吗？学会适时放手，取舍得当是很重要的，学会以平和的心态对待得失更重要！爸爸相信你一定能够做得很好！

有什么新想法盼来信相告。
祝你永远都快乐！

想念你的父亲

关于生活 …

>TO LIVELIHOOD

解答生活这道难题

生活是什么？这是一个看似简单，却又很难回答的一个问题。但是简单地概括来说，生活其实是一个过程。这个过程不是一场梦，而是由我们自己托起的一片晴空，是一次庄严而神圣的旅程。我们都会离开这个世界，这是注定的。所以，生活最重要的便是过程，我们要怎样装饰这段过程，而最终疲惫地睡去，这就是我们应该思考的关键。懂生活、会生活其实并不是难事，只要用心谁都可以做到。让我们去借鉴一下世界各国的名人们是怎样生活并且教他们的孩子怎样生活的吧！

奥巴马给女儿的信

奥巴马，美国民主党政治家。第56届、第57届美国总统（连任）。为美国历史上第一位非裔总统，首位同时拥有黑（卢欧族）白（英德爱混血）血统的总统。2009年10月9日，获得诺贝尔委员会颁发的诺贝尔和平奖。

亲爱的马莉亚和莎夏：

我知道这两年你们俩随我一路竞选都有过不少乐子、野餐、游行、逛州博览会，吃了各种或许我和你妈不该让你们吃的垃圾食物。然而我也知道，你们俩和你妈的日子，有时候并不惬意。新来的小狗虽然令你们兴奋，却无法弥补我们不在一起的所有时光。我明白这两年我错过的太多了，今天我要再向你们说说为何我决定带领我们一家走上这趟旅程。

当我还年轻的时候，我认为生活就该绕着我转：我如何在这世上得心应手，成功立业，得到我想要的。后来，你们俩进入了我的世界，带来的种种好奇、淘气和微笑，总能填满我的心，照亮我的日子。突然之间，我为自己谱写的伟大计划显得不再那么重要了。我很快便发现，我在你们生命中看到的快乐，就是我自己生命中最大的快乐。而我也同时体认到，如果我不能确保你们此生能够拥有追求幸福和自我实现的一切机会，我自己的生命也没多大价值。总而言之，我的女儿，这就是我竞选总统的原因：我要让你们俩和这个国家的每一个孩子，都能拥有我想要给他们的东西。

我要让所有儿童都在能够发掘他们潜能的学校就读：这些学校要能挑战他们，激励他们，并灌输他们对身处的这个世界的好奇心。我要他们有机会上大学，哪怕他们的父母并不富有。而且我要他们能找到好的工作：薪酬高还附带健康保险的工作，让他们有时间陪孩子，并且能带着尊严退休的工作。

我要大家向发现的极限挑战，让你在有生之年能够看见改善我们生活、使这个行星更干净、更安全的新科技和发明。我也要大家向自己的人际界限挑战，跨越使我们看不到对方长处的种族、地域、性别和宗教樊篱。

　　有时候为了保护我们的国家，我们不得不把青年男女派到战场或其他危险的地方，然而当我们这么做的时候，我要确保师出有名，我们尽了全力以和平方式化解与他人的争执，也想尽了一切办法保障男女官兵的安全。我要每个孩子都明白，这些勇敢的美国人在战场上捍卫的福祉是无法平白得到的：在享有作为这个国家公民的伟大特权之际，重责大任也随之而来。

　　这正是我在你们这年纪时，外婆想要教我的功课，她把独立宣言开头几行念给我听，告诉我有一些男女为了争取平等挺身而出游行抗议，因为他们认为两个世纪前白纸黑字写下来的这些句子，不应只是空话。

　　她让我了解到，美国所以伟大，不是因为它完美，而是因为我们可以不断让它变得更好，而让它更好的未竟工作，就落在我们每个人的身上。这是我们交给孩子们的责任，每过一代，美国就更接近我们的理想。

　　我希望你们俩都愿接下这个工作，看到不对的事要想办法改正，努力帮助别人获得你们有过的机会。这并非只因国家给了我们一家这么多，你们也当有所回馈，虽然你们的确有这个义务，同时也是因为你们对自己负有责任。因为，唯有在把你的马车套在更大的东西上时，你才会明白自己真正的潜能有多大。

　　这些是我想要让你们得到的东西：在一个梦想不受限制、无事不能成就的世界中长大，长成具慈悲心、坚持理想，能参与打造这样一个世界的女性。我要每个孩子都有和你们一样的机会，去学习、梦想、成长、发展。这就是我带领我们一家展开这趟大冒险的原因。

　　我深以你俩为荣，你们永远不会明白我有多爱你们，在我们准备一同在白宫开始新生活之际，我没有一天不为你们的忍耐、沉稳、明理和幽默而心存感激。

爱你们的父亲

梁继璋写给儿子的信

梁继璋，前香港电台第二台节目主持人，也是一位名 DJ、作家，曾从事广告、电视台等媒体创作。其柔和、磁性的声线，令他读文章时更有气氛、更容易令听众投入。离职前的节目是《玩玩星期天》及《疯 show 快活人》。其中，他与两位前拍挡贵花田、梁思浩曾成为最受欢迎节目主持人。

我儿：

写这备忘录给你，基于三个原则：

1. 人生福祸无常，谁也不知可以活多久，有些事情还是早一点说好。

2. 我是你的父亲，我不跟你说，没有人会跟你说。

3. 这备忘录记载的，都是我经过惨痛失败得回来的体验，可以为你的成长省回不少冤枉路。

以下，便是你在人生中要好好记住的事：

1. 对你不好的人，你不要太介怀，在你一生中，没有人有义务要对你好，除了我和你妈妈。至于那些对你好的人，你除了要珍惜、感恩外，也请多防备一点。因为，每个人做每件事，总有一个原因，他对你好，未必真的是因为喜欢你，请你必须搞清楚，而不必太快将对方看作真朋友。

2. 没有人是不可代替，没有东西是必须拥有。看透了这一点，将来你身边的人不再要你，或许失去了世间上最爱的一切时，也应该明白，这并不是什么大不了的事。

3. 生命是短暂的，今日你还在浪费着生命，明日会发觉生命已远离你了。因此，愈早珍惜生命，你享受生命的日子也愈多，与其盼望长寿，倒不如早点享受。

4. 世界上并没有最爱这回事，爱情只是一种霎时的感觉，而这感觉绝对会随时日、心境而改变。如果你的所谓最爱离开你，请耐心地等候一下，让时日慢慢冲洗，让心灵慢慢沉淀，你的苦就会慢慢淡化。不要过分憧憬爱情的美，不要过分夸大失恋的悲。

5. 虽然很多有成就的人士都没有受过很多教育，但并不等于不用功读书，就一定可以成功。你学到的知识，就是你拥有的武器。人，可以白手兴家，但不可以手无寸铁，谨记！

6. 我不会要求你供养我下半辈子，同样地我也不会供养你的下半辈子，当你长大到可以独立的时候，我的责任已经完结。以后，你要坐巴士还是 Benz（奔驰），吃鱼翅还是粉丝，都要自己负责。

7. 你可以要求自己守信，但不能要求别人守信，你可以要求自己对人好，但不能期待人家对你好。你怎样对人，并不代表人家就会怎样对你，如果看不透这一点，你只会徒添不必要的烦恼。

8. 我买了十多二十年六合彩，还是一穷二白，连三等奖也没有中过，这证明人要发达，还是要努力工作才可以，世界上并没有免费午餐。

9. 亲人只有一次的缘分，无论这辈子我和你会相处多久，也请好好珍惜共聚的时光，下辈子，无论爱与不爱，都不会再见。

7

丘吉尔给儿子的一封信

丘吉尔，英国政治家、画家、演说家、作家、记者，1953年诺贝尔文学奖得主（获奖作品《不需要的战争》），曾于1940—1945年及1951—1955年期间两度任英国首相，被认为是20世纪最重要的政治领袖之一，带领英国获得第二次世界大战的胜利。

我亲爱的孩子：

你在来信中说要在几周时间内养成某种习惯。你的用心是好的，但却急了点。须知培养一个好习惯急于求成是不行的。培养好习惯就像犁地，是个慢功夫。好习惯必须由内部形成。好习惯一旦形成，还会产生其他好习惯。激情让人开始行动，动机让人的行为不偏离轨道，而好习惯则让人的行为自然而然地产生。

人的许多能力，如在灾难面前表现出勇气，在诱惑面前具有一定的自制力，在受伤害的时候保持乐观，在绝望的时候显示个性，在遇到困难的时候看到机会等等，不是偶然出现的，而是心理和生理方面经过持续不断的训练的结果。在灾难面前不管人们所表现出来的行为是好的还是不好的，都只能是训练的结果。如果在小事上人们经常表现出懦弱、不诚实这样的特性，就不能指望人们以积极的态度处理重大的事情，因为人们没有经过这个这方面的训练。

如果一个人让自己说了一次谎，那么说第二次、第三次会非常容易，直至成为一种习惯。人的大多数行为都属于习惯行为，无须考虑就自动产生。性格则是人的一切习惯的总和。如果一个人有各种各样的好习惯，那么人们就会认为他有良好的性格；如果他有很多坏习惯，人们就会说他性格不好。习惯往往比逻辑推理有力得多。不过，习惯在最初时是很不起眼的，往往感觉不到，但久而久之变得很顽固，想改都改不掉。错误会成为习惯，决定也能形成习惯。记得小的时候，你的祖父母对我说："你应该养成好习惯，因为好习惯会构成人的性格。"

那么你应该怎样养成好习惯呢？

任何事情反反复复地做就会变成习惯。人的许多行为习惯都是在做中养成的。例如通过勇敢地做事，就能学会勇敢；通过诚实、正直地做人，就能学会诚实和正直。通过实践，人们培养起许多好品质。同样，如果一个人经常表现出不诚实、不公正等不良行为，或有了这样的行为又没有受到惩罚，这个人就会渐渐习惯于这些行为。态度是人的行为模式，也属于习惯的范畴。态度会成为一种心理状态，从而控制人的行为。

一切习惯在刚刚形成的时候都是很不起眼的，但最终往往会变得难以打破。态度属于习惯，是可以改变的，问题是要用新的良好习惯去破除和取代旧的不良习惯。防止坏习惯的形成比克服那些已形成的坏习惯容易。要形成好习惯就要战胜诱惑。快乐和不快乐都是一种习惯。优秀品质的形成是有意识地付出一次又一次的努力的结果，它需要经过大量的实践直到变成一种习惯。由于每个人都有一些不良的习惯，所以人们常常表现出这样或那样的缺点。那么，就自己去一个不被打扰的地方，用十五分钟的时间列一张自己的不良习惯的一览表。

我们都知道，下决心很容易，忘掉也很容易。而形成一种好习惯则不然。如果不是经过一番努力，则是一件很困难的事。所以，不要祈求在几周或几个月的时间里就能养成一种好习惯。好习惯的养成是一个不断重复的行为过程，只有不断地继续下去，才能养成。

就谈到这里吧。祝你健康！

永远热爱你的父亲

基辛格给儿子的信

　　基辛格，美国著名外交家、国际问题专家，美国前国务卿。1923 年 5 月 27 日生于德国费尔特市，1938 年移居美国，1943 年加入美国国籍。与越南人黎德寿一同为 1973 年诺贝尔和平奖获得者，原美国国家安全顾问（美国总统国家安全事务助理），后担任尼克松政府的国务卿并在水门事件之后继续在福特政府中担任此职。

我的孩子：

　　遇见挫折要怎么办？挫折按其产生原因分为四类：

　　第一类，不可预测的灾难。如染上一种奇特的疾病，被当代科学界公认为牛顿、爱因斯坦的继承者，英国天文学家史蒂芬·霍金就是一例。再如正当盛年的法国物理学家居里夫人，其丈夫因车祸而丧身。这些来自外界的骤然打击，对于身受者，都只能理解为一次飞来横祸。这样的挫折是最令人难以承受的磨难，没有挽回的余地。

　　第二类，好高骛远的后果。与不可预测的灾难正相反，这是一种自作自受的挫折。在条件不具备、时机不成熟的时候，盲目冒进、急功近利，结果在前进的过程中摔了个大跟头。旁观者往往会轻率地说一声"活该"，对当事者而言，则也实在算是一种挫折。

　　第三类，前进或成长过程中的自然苦痛。有人说："没有哭过长夜的人，不足以语人生。"苦痛是挫折，这是与生命本身相伴随的挫折，任何人都无法幸免，而一旦逾越了这种挫折，也就最大限度地走向了成功。走过去，前面是片蓝天。当巴尔扎克决心写出反映整个法国生活的史诗性作品《人间喜剧》时，当莱特兄弟决定造出第一架飞机时，随之而来的就是不可避免的挫折，在这个意义上，挫折反而成为成功的试金石。

第四类，由生理或心理上的弱不禁风导致的"小病大呻吟"。从纯粹挫折的角度来看，这类挫折可以被判定为"伪挫折"，因为，这样的挫折很可能会被另一个身心更加强悍的人完全置之度外，然而它在我们的生活中较为普遍。一个重量级拳击手，通常总有相当的肉体抗击打能力，如果他在比赛进行了几十秒钟就倒地不起，那肯定是心理上的原因在作祟。类似的挫折源于意志的软弱。

"当挫折来临之际，有的人惊慌失措，有的人沮丧不安，还有的人束手无策。这都是正常的反应。问题是，不能始终处在这类状态中，要获得成功，就必须冷静地分析遭受挫折的原因，对症下药，从而走出挫折的阴影。"

名作家罗威尔曾说："人生中不幸的事如同一把刀，它可以为我们所用，也可以把我们割伤。那要看你握住的是刀刃还是刀柄。"

英国的伟大诗人弥尔顿，最杰出的诗作是在双目失明后完成的；德国的伟大音乐家贝多芬，最杰出的乐章是在他的听力丧失以后创作的；世界级小提琴家帕格尼尼是个用苦难的琴弦把天才演奏到极致的奇人。被称为"世界文化史上三大怪杰"的三个奇人，居然一个是瞎子，一个是聋子，一个是哑巴！他们之所以有那样的成就，正是因为他们有一颗平常心，处于逆境而不屈服。科学家贝佛里奇说过："人们最出色的工作往往是处于逆境下做出的。思想上的压力，甚至肉体上的痛苦，都可能成为精神上的兴奋剂。"其实，"残缺"并不可怕，可怕的是不能够正视"残缺"。

不要感叹命运多舛不公。命运向来都是公正的，在这方面失去了，就会在那方面得到补偿。当你感到遗憾失去的同时，可能有另一种意想不到的收获。但是，前提是你必须有正视现实、改变现实的毅力与勇气。

这就像一位成功者豪迈地宣称的：苦难本是一条狗，生活中，它不经意就向我们扑来。如果我们畏惧、躲避，它就凶残地追着我们不放；如果我们直起身子，挥舞着拳头向它大声喝斥，它就只有夹着尾巴灰溜溜地逃走。只要你拥有对生命的热爱，苦难就永远、而且只能是一条夹着尾巴的狗！

拿破仑·希尔给儿子的信

拿破仑·希尔，美国成功学励志专家，成功学、创造学、人际学的世界顶尖培训大师，他的著作《成功规律》、《人人都能成功》、《思考致富》等被译成 26 种文字，在 34 个国家和地区出版发行，畅销 8000 多万册，是所有追求成功者必读的书目，数以万计的政界要员、商贾富豪都是他著作的受益者。

亲爱的儿子：

你好！你既然认识到快乐是一种积极心态，那说不要有意去寻找快乐。有意去寻找快乐，只会给自己带来空虚和烦恼，但顺乎自然，在有意无意之间，愉快的事情却会不期而至，让人快乐不已。

快乐是一种积极心态。一个人只要拥有了积极心态，就能自得其乐。也许这种快乐在别人眼里并不快乐，然而生活中必须有这种自得其乐的精神。自得其乐来自对生活的信仰，来自抛开世俗功利的洒脱。说到底，活得是否快乐，是由精神即心态决定的。

自由的是心灵，心灵自由者必自在，自在者必快乐。

在密西西比河边上，住着一个磨坊主。据说他是当地最快乐的人。他从早到晚总是那样忙碌，同时像鸟雀一样快活唱歌。他非常乐观，感染了许多人都乐观起来。这一带的人都喜欢谈论他。终于，住在一个村子里的富翁想见他一面。"我要去找这个奇异的磨坊主谈谈，也许他能告诉我，我怎样才能要多快乐就有多快乐……"

富翁说："我十分羡慕你，我的朋友，是什么使你在这个满是灰尘的磨坊里如此快乐。我坐拥金山银山却每天忧心忡忡，烦闷苦恼。"

磨坊主笑着说："我不知道你为什么忧郁，但是我能简单地告诉你，我为什么快乐。这条母亲河，使我的水磨运转，它给我带来的快乐要比我的金钱给我带来的还多。如果人们都像这样，这个世界该是多么美好！"

亲爱的儿子，你知道吗？家庭、社会、许多事、许多人，常常不尽如人意，不凑巧的事、倒霉的事、煞风景的事，构成了生活画面中诸多不调和的线条，组合成生活中的不得其乐。只有像磨坊主那样，才能保持良好的身心状态，轻松愉快地生活。

如果一个人能够真心地奉献，他的生命一定闪烁着奇光异彩，自私自利，对他人冷漠，甚至心怀恶意，没有友爱互助的精神，这种态度其实不会给他带来什么快乐。

如果每个人都有善意、做善事，那么人人都可以得到快乐，宁可在职业上失败，在财产上失败，也不能在这一点上失落——在友爱、同情及助人的态度上失去快乐。

亲爱的儿子，学会超脱，学会自得其乐，快乐就不用寻找而始终相伴在你的身旁！

祝你学习进步！

永远挚爱你的父亲

弗洛伊德致儿子的信

犹太人，奥地利精神病医生及精神分析学家。精神分析学派的创始人。他认为被压抑的欲望绝大部分是属于性的，性的扰乱是精神病的根本原因。著有《性学三论》、《梦的释义》、《图腾与禁忌》、《日常生活的心理病理学》、《精神分析引论》、《精神分析引论新编》等。

亲爱的弗雷德里克：

你来信说心态不佳，我极为担忧，心态对于人生太重要了，成功人士的首要标志，在于他的心态。一个人如果心态积极，乐观地面对人生，乐观地接受挑战，那他就成功了一半。这里给你讲述一个故事和几个有趣的实验。希望你能从中得到点什么，摆脱不佳的心态。

先说说关于心态的一个小故事：

一天，几个白人小孩正在公园里玩，这时，一位卖氢气球的老人推着货车进了公园。白人小孩一窝蜂地涌了上去，每人买了一个气球跑开了。白人小孩的身影消失后，基恩——一个黑人小孩，才怯怯地到老人的货车旁，用略带恳求的语气问道："您能卖给我一个气球吗？""当然可以，"老人用慈祥的目光打量了他一下，温和地说，"你想要什么颜色的？"他鼓起勇气说："我要一个黑色的。"

脸上写满沧桑的老人惊诧地看了看这个黑人小孩，旋即递给了他一个黑色的气球。他开心地接过气球，小手一松，气球在微风中冉冉地升起。老人一边看着上升的气球，一边用手轻轻地拍了拍基恩的后脑勺，说："记住，气球能不能升起，不是因为它的颜色、形状，而是气球内充满了氢气；一个人的成败，不是因为种族、出身，关键是你有没有一个好的心态！"老人的话深深地铭刻在基恩的心里，从此他始终保持着积极的心态面对生活与人生，后来他成为加州的第一个黑人议员。

再说说芝加哥大学的心理学专家曾做过的一个有趣的实

验。他对被试的第一组的学生说："你们非常幸运，你们将训练一组聪明的白鼠，这些白鼠已经经过智力训练且非常聪明。"

专家又告诉第二组的学生："你们的白鼠是一般的白鼠，不很聪明。也不太笨。它们最终将走出迷宫，但不能对它们有过高的期望。因为它们仅有一般能力和智力，所以它们的成绩也仅为一般。"

最后，专家告诉第三组的学生说："那些白鼠确实很笨，如果它们走到了迷宫的终点，也纯属偶然。它们是名副其实的白痴，自然它们的成绩也将很不理想。"

后来学生们在严格的控制条件下进行了为期6周的实验。结果表明，白鼠的成绩，第一组最好，第二组中等，第三组最差。有趣的是，所有作为被试的白鼠实际上都是从一般白鼠中随机取样并随机分组的。实验之初，3组白鼠在智力上并无显著差异。那么为何会产生如此不同的实验结果呢？显然是由于实施实验的3组学生对白鼠具有不同的态度从而导致了不同的实验结果。简而言之，由于学生对白鼠具有不同的偏见，便产生了不同的态度，从而以不同的方式对待它们。正由于不同的对待方式导致了不同的结果。学生们虽不懂白鼠的语言，但白鼠却"懂得"人对它的态度，可见态度是一种通用的语言。

上述实验后来又在以学生为对象的实验中得一证实，该实验是由两位水平相当的教师分别给两组学生教授相同的内容。所不同的是。其中一位教师被告知："你很幸运，你的学生天资聪颖。然而，值得提醒的是，正因为如此，他们才试图捉弄你。他们中有的人很懒，并将要求少布置作业。别听他们的话，只要你给他们布置作业，他们就能完成。你也不必担心题目太难，如果你帮助他们树立信心，同时倾注着真诚的爱，他们将可能解决最棘手的问题。"

另一位教师则被告知："你的学生智力一般，他们既不聪明也不太笨，他们具有一般的智商和能力，所以我们期待着一般的结果。"

在该学年底，实验结果表明，聪明组学生比一般组学生在学习成绩上整整领先了一年。其实在被试者中根本没有所谓聪明和一般的学生，两组被试的全都是一般学生，唯一的区别就在于教师对学生的认知不同，导致了对他们的期望态度也不同，从而以不同的方式对待他们。其中一位教师把这些一般的学生看做天才儿童，因而就当作天才儿童来施教，并期望他们像天才儿童一样出色地完成作业。正是这种特殊的对待方式，使得一般学生有了突出的进步。

儿子，我们不能预知生活中各种情况，但我们能够控制自己去应对它、适应它。正确的心态与良好的习惯会有积极的收获，千万不要接纳心灵的垃圾，让不良心态左右了自己。须知我们的心态在很大程度上决定了我们人生的成败。

儿子，态度决定一个人的前途与成功，你想着自己是什么样的人，你就会成为什么样的人。

希望你能开朗，把你说的不佳心态扔到太平洋里去，而有一个积极明亮的心态。以正确的态度来对待你周围的人与事以及自己的学业和前途！

玛格丽特·米切尔致儿子的信

　　玛格丽特·米切尔，美国现代著名女作家，曾获文学博士学位，担任过《亚特兰大新闻报》的记者。1937年她获得普利策奖。1939年获纽约南方协会金质奖章。1949年，她不幸被车撞死。她短暂的一生并未留下太多的作品，但只一部《飘》足以奠定她在世界文学史上不可动摇的地位。

亲爱的孩子：

　　在这封信里，妈妈先给你讲个故事吧！

　　一人在岸边垂钓，旁边几名游客在欣赏海景，只见钓鱼者竿子一扬，钓上了一条大鱼，足有3尺长，落在岸上后，仍腾跳不止。可是钓鱼者却用脚踩着大鱼，解下鱼嘴内的钓钩，顺手将鱼丢进海里。

　　周围围观的人响起一阵惊呼，这么大的鱼还不能令他满意，可见钓鱼者雄心之大。就在众人屏息以待之际，钓鱼者鱼竿又是一扬，这次钓上的是一条两尺长的鱼，钓者仍是不看一眼，顺手扔进海里。

　　第三次，钓鱼者的钓竿再次扬起，只见钓线末端钩着一条不到一尺长的小鱼。围观众人以为这条鱼也肯定会被放回，不料钓鱼者将鱼解下，小心地放回自己的鱼篓中。

　　游客百思不得其解，就问钓鱼者为何舍大而取小。

　　想不得钓鱼者的回答是："喔，因为我家里最大的盘子只不过有一尺长，太大的鱼钓回去，盘子也装不下。"

　　这个故事说明了这样一个道理：人要适可而止，不能过于贪婪，应依据自己的实际情况而索求。

　　如果我们能像那位钓鱼者据实而求，所求不多，何愁不能活得天高海阔大道坦然呢？可是现代人更多的是不知满足，过分贪婪。

　　当欲望产生时，再大的胃口都无法填满，贪多的结果只会带来无穷无尽的烦恼和麻烦。贪婪是一种顽疾，人们极易成为它的奴隶。一个贪求厚利、毫不知足的人，等于是在愚弄自己，希望什么都能够得到，岂料到头来却失去一切。

生活贵在平衡，每一个环节都很重要，不能稍有偏废。如果过分贪婪，把握不住必要的尺度，就很容易受到伤害。有一则寓言也从另一个角度阐释了同样的道理：

从前有个特别爱财的国王，一天，他跟神说："请教给我点金术，让我伸手所能摸到的都变成金子，我要使我的王宫到处都金碧辉煌。"

神说："好吧。"

于是第二天，国王刚一起床，他伸手摸到的衣服就变成了金子，他高兴得不得了，然后他吃早餐，伸手摸到的牛奶也变成了金子，摸到的面包也变成了金子，他这时觉得有点不舒服了，因为他吃不成早餐，得饿肚子了。他每天上午都要去王宫里的大花园散步，当他走进花园时，他看到一朵红玫瑰开放得非常娇艳，情不自禁地上前抚摸了一下，玫瑰立刻也变成了金子，他感到有点遗憾。这一天里，他只要一伸手，所触摸的任何物品全部变成金子，后来，他越来越恐惧，吓得不敢伸手了，他已经饿了一天了。到了晚上，他最喜欢的小女儿来拜见他，他拼命地喊着不让女儿过来，可是天真活泼的女儿仍然像往常一样径直跑到父亲身边伸出双臂来拥抱他，结果女儿变成了一尊金像。

这时国王大哭起来，他再也不想要这个点金术了，他跑到神那里，跟神祈求："神啊，请宽恕我吧，我再也不贪恋金子了，请把我心爱的女儿还给我吧！"

神说："那好吧，你去河里把你的手洗干净。"

国王马上到河边拼命地搓洗双手，然后赶快跑去拥抱女儿，女儿变回了天真活泼的模样。

追求可以成为一种快乐，欲望却永远都只是生命沉重的负荷。

我们常常感到活得很累，其实常常是因为我们所求的太多。我们总希望拥有的越多越好，爬得越高越好，不断地索取，心灵自然无法得休息。

人要生存，必须有物质作基础，但物质的索取必须有一个度。物质可以无限制地拥有，但是却未必都能享受，家有万贯，别人每餐吃一碗，自己未必能吃十碗，别人晚上躺一张床，自己未必能躺十张床。

为什么不换一种活法呢？抛弃欲望的重负，轻松愉悦地享受人生那该多好啊。当生命走到尽头时，回首往昔，如果头脑中只剩下金光银影，却没有美好欢愉，生命岂不毫无色彩可言。

可爱的儿子，妈妈讲这些，主要是希望你能学会适可而止，不要过于贪婪；要学会知足常乐，不要所求过多。这样你才能快乐！

祝福你能够时时事事快乐！

爱你的母亲

盛田昭夫致儿子的信

盛田昭夫，日本索尼公司的创始人，被誉为"经营之圣"，与被誉为"经营之神"的松下幸之助（松下公司创始人）齐名。在经济界是中国企业家学习的榜样。主要著作有《学历无用论》，《日本制造》，《日本人可以说"不"》等。

太郎你好：

我还想就机遇这个话题和你谈谈：

机不可失，时不再来，这是一个浅显深刻的道理，抓住了机会，你就可能乘风而起，越上成功的巅峰；如果错失了机会，你就可能让唾手可得的成功擦肩而过，因而懊悔不已。难怪成功学大师卡耐基曾不无感慨地说："在某种意义上说时机就是一种巨大的财富。"英国人托·富勒也说："抓住机遇，就能成功。"世界著名的石油大王洛克菲勒在谈到他的创业史时，也只说了一句话："压倒一切的是时机。"

在实践活动中，如果你能在时机来临之前就识别它，在它溜走之前就采取行动，那么，成功之神就降临了。有人把机遇称为运气，不管称谓如何，都有一点是绝对的：善于利用机遇比怨天尤人更为有益。

比尔·盖茨告诉我们，机遇与我们的事业休戚相关，机遇是一个美丽而性情古怪的天使，倏尔降临在你身边，如果你稍有不慎，又将翩然而去，不管你怎样扼腕叹息，从此杳无音讯，不再复返了。

在实践活动中，时机的把握甚至完全可以决定你是否有所建树，抓住每一个成功的机会，哪怕那种机会只有万分之一。笛卡尔患病期间躺在床上休息，无意中看到天花板上的蜘蛛网，他琢磨着其中的奥妙，创立了新的数学分支——解析几何。伽利略看着被微风吹拂而轻轻摇摆的吊灯，发现了灯摆的定时定律，并由此而制成了钟表……在这些看似偶然的机缘背后，是科学家们坚实的知识基础，锲而不舍的探索精神，当然还有他们善思的习惯和敏锐的观察力。如果说摇摆的吊灯、蜘蛛网就藏着机遇或机缘，那其他研究科学的人，为什么会熟视无睹，发现不了呢？也许迟钝就是原因。而之所以迟钝，则与知识功底不扎实，缺乏敏捷的科学思维以及不能专心致志于自己的事业有关。而所有这些知识、思维能力、专心，都离不开一个人长期的锻炼和磨砺。有一句格言说得好，"幸运之神会光顾世界上的每一个人。但如果她发现这个人并没有准备好要迎接她时，她就会从大门里走进来，然后从窗子里飞出去。""事有机缘"，机缘是处处存在的，但能否让机缘变成我们成功的阶梯，则不取决于所谓的"命"，而就在我们自己本身。

每个人都是自己命运的设计师。可以说，人一生的命运就是由一连串的机遇连接而成。你的一生是否精彩，关键在于你能否抓住机遇，或者说机会、机缘、时机。我们应该不放弃任何一个哪怕只有万分之一的可能成功的机会。有不少聪明人对此是不屑一顾的，其理由是希望微小的机会，实现的可能性不大，只有傻瓜才会相信万分之一的机会。比尔·盖茨说："亲爱的朋友，我认为你们应该重视那万分之一的机会，因为它将给你带来意想不到的成功。有人说，这种做法是傻子行径，比买奖券的希望还渺茫。这种观点是有失偏颇的，因为开奖券是由别人主持，丝毫不由你；但这种万分之一的机会，却完全是靠你自己的主观努力去完成。"同时，比尔·盖茨认为要想把握这万分之一的机会，必须具备以下一些条件。

目光长远。鼠目寸光是不行的，不能看见树叶，就忽略了整片森林。

必须锲而不舍。没有持之以恒的毅力和百折不挠的信心是无济于事的。

假如这些条件你都具备了，那么有一天你将成为物质财富和精神财富的百万富翁，只要你去付诸行动。

要在人生的事业中有所作为，仅靠一味的盲目蛮干是收效甚微的。看准时机并把握它，将它变成现实的财富，才是优秀的成功人士的明智选择。

比尔·盖茨讲过两个年轻人的不同故事。第一个年轻人在一家商场工作已经 4 年。他说，这家商场没有器重他，他正准备跳槽。在谈话中，有个顾客走到他面前，要求看一些帽子。但这年轻人却置之不理，继续谈话。直到说完了，才对那显然不高兴的顾客说："这儿不是帽子专柜。"顾客问帽子专柜在哪儿，年轻人回答："你去问那边的管理员好了，他会告诉你。"可以看出，这个年轻人一直处于一个很好的机会中，但他却不知道。他本可以使每一个顾客成为回头客，从而体现他的才能。但他却把好机会一个又一个地损失掉了。

另一个年轻人也是一名商店店员。这天下午，外面下着雨，一位老妇人走进店里，漫无目的地闲逛，很显然不打算买东西。大多数售货员都没有搭理这位老妇人，而那位年轻的店员则主动向她打招呼，很有礼貌地问她是否有需要服务的地方。老妇人说，她只是进来避避雨，并不打算买东西。这位年轻人安慰她说，没关系，即使如此，她也是受欢迎的。他主动和她聊天，以显示他确实欢迎她。当她离开时，年轻人还送她出门，替她把伞撑开。这位老太太向这位年轻人要了一张名片，就走了。

后来，这个年轻人完全忘了这件事。但有一天，他突然被公司老板召到办公室，老板向他出示了一封信，是那位老太太写来的。老太太要求这家百货公司派一名销售员前往苏格兰，代表该公司接下一宗大生意。老太太特别指定这位年轻人接受这项工作。原来这位老太太就是美国钢铁大王安德鲁·卡内基的母亲。这位年轻人由于他的敬业和待人热忱，获得了这个极佳的工作机会。

我们今天正处在一个充满了机遇的时代，每一个机遇都是一笔巨大的财富，就看我们能不能抓住它。我们要细心地发现机会，不要轻视那些看来是不起眼的普通机会，要努力将它变成成功。

弗洛姆致儿子的信

弗洛姆，20世纪著名的心理学家和哲学家，是精神分析的社会文化学派中对现代人的精神生活影响最大的人物。毕生旨在修改弗洛伊德的精神分析学说以切合发生两次世界大战后的西方人精神处境，埃里希·弗洛姆在此被尊为"精神分析社会学"的奠基人之一。

亲爱的哈罗特：

你的头脑中可能会经常有一些消极的念头，但是不要紧，战胜它，一切还都是美好的。

人的思想是一块磁铁，能吸引那些与它本身相似的东西。如果你的心灵老是想着贫穷和疾病，那么，这种思想就会给你带来贫穷和疾病。一般来说，与你思想相左的现实是不大可能产生的，因为你的心态和思想中已经有了你生命的蓝图。你的任何成功首先都是因为你有成功的思想。

如果你总是消极地想象自己可能事业不顺，并总是做这样的准备和担心，如果你总是抱怨时运不济，如果你总是担心事业不可能有好的结果，那么，你的事业就真的不会有好结果。无论你多么努力工作以期取得成功，如果你头脑里充满着担心失败的悲观思想，那么，你的这种思想将会使你的努力付之东流，从而使得你不可能取得希望中的成功。

担心失败的思想和担心面临贫穷的悲观消极主义，往往使许多人无法在获得财富方面取得他们渴望的成功，因为这些担心和忧虑减弱了他们的活力，束缚了他们的手脚，使他们不能卓有成效地开展工作，而有效的、富于创造力的工作则是人们取得成功的必备条件。儿子，你不要忽视这一点。

乐观主义是建设性的力量。乐观主义之于个人犹如阳光之于植物。乐观主义便是心中的阳光，这种心灵中的阳光构筑了生命和美丽，促进了它范围所及的一切事情的发展。我们的心理能力在这种心灵阳光的照射下茁壮成长，正如花草树木在太

144

阳光的照射下苗壮成长一样。

消极主义是悲观的，它是破坏活力和束缚个人发展的黑暗地牢。那些总是只看到事物阴暗面的人，那些总是预测自己可能不利和失败的人，那些只看到生命中丑恶肮脏和令人不快一面的人，将受到致命的惩罚。他们会使自己一步一步接近他们所担心的那些东西。

如果你想获得快乐，你就不能老想着那些苦恼烦心的事。如果你想获得财富，你就不应继续考虑和担心贫穷。你不能使自己与你恐惧的事情发生任何联系。你所担心的那些事情是你前进道路上的致命敌人。与它们隔绝开来，将它们驱逐出你心灵的王国，努力忘掉它们。尽可能坚定地想那些相反的思想，这样，你将会惊异地发现，你会多么迅速地获得你所期盼、所渴望的东西啊！

在工作和追寻目标的过程中，你所持的心态与你最终的成就有着千丝万缕的关系。如果你被迫去完成自己的工作，如果你是以作苦差使的奴隶一般的态度去从事你的工作；如果你看不到未来的曙光；如果你只看到贫困、匮乏和你整个一生的艰难；如果你认为自己命中注定要过如此艰难的生活，那么，你就决不会拥有成功、财富与幸福。

相反，不管你今日如何贫穷，如果你能看到更好的将来；如果你相信自己有朝一日会从单调乏味的工作中崛起；如果你相信自己有朝一日会从目前的陋室搬进温馨、舒适、怡人的住宅；如果你方向明确，如果你的眼睛紧紧盯着你希望达到的目标，并相信你完全有能力达到你的目标，那么，你必将有所作为。

一定要保持这种信念——你有朝一日会做成现在看来不可能做成的事。你必须坚定地持有这种心态，你将来能完成它，无论有多少艰难险阻，只要你坚持自己的信念，使你的心灵保持创造力，使你的心灵成为一个能吸引你所渴望的事物的磁场，那么，你的信念、理想就一定能够实现。

没有哪个充满自信、肯定自我能力，并朝着自己的目标全力以赴、勇往直前的人竟然无法取得成功。雄心和抱负先是鼓舞人心，然后才能被实现。

一定要使自己保持一种积极向上、奋发有为的心态。任何时候都不能让自己怀疑自己最终能否在事业方面取得成功。

这些怀疑是极其可怕的，会毁灭人的创造力，消磨人的雄心。你一定要不断地对自己说："我必定会拥有我所期盼的，这是我的权利，我将来肯定会拥有我所期盼的一切。"

如果你的头脑中始终坚持这种思想，即你生来就是要取得的成功就是要拥有健康和幸福，你生来就是有用之人，除了你自己，世界上没有任何东西能阻止你得到这一切，那么，这种思想将会产生一种累积的、渐增的效果。

一定要养成一种坚信自己最终将会获胜、将会取得成功的良好习惯，一定要坚定地树立这种信念，这样，你很快就会惊异地发现，你极其渴望、期盼和你努力为之奋斗的目标是完全能够实现的。

相信你能做到这些，儿子。再谈。

爱你的父亲

沃伦·巴菲特致儿子的信

沃伦·巴菲特，1930 年 8 月 30 日出生于美国内布拉斯加州的奥马哈市，全球著名的投资商。在 2008 年的《福布斯》排行榜上财富超过比尔盖茨，成为世界首富。

亲爱的乔：

机遇对于每个人都是很珍贵的。机遇在人的生命中出现，往往就只有一次，其珍贵的力量可以想象。当一个人主动抓住这一次生命中难能可贵的机遇，他就可能会一举成名。

人生机遇是值得人类永远思考和探索的一个主题。人生的得失常常就在于机遇的得失，有了一个机遇，抓住他、利用它，命运就会因此发生改变；相反，忽略它、远离它，那么就可能一生都陷于平庸之中。要知道，在人生的体验中，并不是所有骁勇善战的将帅都能稳操胜券，百战不殆；并不是所有技高一筹的运动员都能夺魁挂冠，获得金牌；也不是所有痴情迷恋的男女都能拥有爱情，永浴爱河；更不是所有忠实生活的人都能幸运如意，一帆风顺。原因何在？就在于机遇是一种不可多得的因素，遗憾的是很多时候人们不知道利用机遇，不知道机遇能改变人们的一生，不知道机遇会让人们一举成名。

有这样一个笑话。

从前有个基督教徒，他相信上帝无时不在，无处不在。因此，他每天都十分虔诚地向上帝膜拜。

一次，当地突降大雨，很多地方都被洪水淹没，于是人们纷纷逃命去了。

但是，这位基督徒认为他是这么虔诚地信奉上帝，上帝应该会来救他。因此，他没有和众人一起逃生。他站在屋顶这样想着。所以，当救援队乘着救生艇来救他时，他拒绝了，因为他坚信上帝回来救他。

结果，他淹死了。

他的灵魂到了天堂，正巧碰见了上帝，于是他质问上帝："我对你那么虔诚，你为什么不来救我？"

上帝回答说："我派救生艇去救你，是你自己不愿意被救，才被淹死的，这能怪谁呢？"

是啊，自己没有把握住身边的每个机遇，被淹死又能怪谁呢？这则笑话告诉了我们这样一个道理，给予不容错过，它有时候改变的不仅仅是我们的命运，而且还可能关系到我们的生命。

可惜的是，并不是所有人都能明白这个道理，并不是所有人都相信机遇能改变自己的一生，能够让自己一夜成名。于是他们在机遇来临的时候，不仅无法认识哪个是机遇，更无法谈到利用机遇改变自己的命运了。

机遇与人们的事业休戚相关，机遇是一个美丽而性情古怪的天使，她忽而降临在人身边，如果这个人稍有不慎，她将翩然而去，不管这个人怎样扼腕叹息，她却从此不再复返。

从我十几年的商业活动中得到的体会是，机遇的把握甚至完全可以决定这个人是否有所建树，抓住每一个致富的机会，哪怕那种机会只有万分一也不能放过。

一句俗语说的好：通往失败的道路上，处处是错失的机会；坐待幸运从前门进来的人，恰恰忽略了从后窗进入的机会。

儿子，在这爽朗的秋天，你在小溪旁散过步吗？你可看到溪流上有很多随波逐流的落叶。有的悠悠而过，很快就看不见了；靠近河岸的落叶，却慢慢地漂荡着，有的被卷入到漩涡里，有的漂到了静水处、动也不动。其实人生就像溪流上的落叶，有的在一个地方打转转，有的乘着溪流往下游奔驰。你乘着这道溪流，也许就在岸边优哉优哉，好几年才移动那么一点点，甚至完全静止不动。随波逐流的叶子，只有听天由命，是无可奈何的，它的前途，完全由风向与溪流决定。然而，你却可以自己决定前途，不必老呆在静止不动的静水处。你可以向流水中央游去，乘着急流，去寻找大的新机会，你所需要的就是用自己的力量向着急流游去。

　　儿子，爸爸相信你有能力抓住人生中难得的机遇！

永远挚爱你的父亲

卓别林致儿子的信

卓别林，20世纪著名的英国喜剧演员，现代喜剧电影的奠基者，在世界范围内享有盛誉。1913年，随卡尔诺哑剧团去美国演出，被美国导演塞纳特看中，从此开始了他的电影生涯。1914年2月7日，头戴圆顶礼帽、手持竹手杖、足登大皮靴、走路像鸭子的流浪汉夏尔洛的形象首次出现在影片《威尼斯儿童赛车记》中。这一形象成为卓别林喜剧片的标志，风靡欧美20余年。

我最亲爱的儿子：

近况如何？诸事顺利吗？在这封信里和你讨论一下磨难吧。因为生活不可能一帆风顺，难免有磨难。正确认识和对待磨难将有益于你今后的进步与成长。对待磨难，通常人们有两种不同的态度：一种是主动迎接，另一种是被动承受。

古时候的斯巴达青年由于风俗之故，年年都要在神坛上承受鞭刑，以增强忍受磨难的耐力。主动迎接磨难的人，在忍受磨难带来的痛苦时，内心多半是坦然的，磨难如同磨刀石使人更加坚强；被动承受磨难的人，被磨难煎熬时，内心多充满困惑。要想做一个出类拔萃的人，不妨多经历些磨难，因为人从平坦中获得的教益少而浅，从磨难中获得的教益多而深。从磨难中得到的教益积累必然成为人生的一笔宝贵财富。

经历一次磨难，就如同经过一个黑夜，迎来一轮新的朝阳，获得一个人生的新起点。磨难使人充满智慧，使人变得坚毅，使人丢弃骄傲，挺直脊梁。每个人都是自己命运的主宰，无论是在逆境还是在顺境中，人生之舵完全由自己掌握。没有受过冻的人不知道衣服的温暖，没有挨过饿的人不知道饭菜的鲜美，只有那些从艰难困苦的岁月中走过来的人才知道珍惜今天的幸福生活。

每当我们在生活中遇到磨难与挫折时，不妨用这样的话语来表达："今天我们又得到了一份礼物"、"嘿，这可真是个特殊的大礼物"……这些话有着神奇的效果，往往就在不经意间，困顿难释的心境变得开朗，莫名的烦恼也消失不见，连微笑也会在说话间悄悄爬上你的脸颊。

亲爱的儿子，如果你能在生活中遇到磨难和挫折时，都把它们当作"一份小礼物"，该会减少多少不必要的烦恼啊！然而大部分人十分畏惧挫折，认为失败是更大的挫折和磨难，一遇到挫折就好似掉入了万劫不复的深渊，从此便一蹶不振。其实，许多人要是没有遇到挫折、失败这样的逆境，他们本身巨大的能力便很难被发掘出来。只有在遇到极大的挫折与失败的打击时，他们内部贮藏的力量才会得以淋漓尽致的发挥。因此，从这一意义上来说，我们欢迎失败的到来。

其实，世界上没有真正所谓的失败，除非自己如此认定。那种经常被视为是失败的事，实际上也只不过是暂时的挫折而已。暂时的失败实际上并不可怕，如果心态积极，倒完全可以把它看成经验——目前的做法不可行，然后转变方向，向着不同的但更美好的方向前进。人的能力大小，往往只有在经受了各种各样的考验之后方能证实。失败使我们看清了在通往自己目标的道路上一个必须加以征服的敌人。这个敌人不是别人，就是我们自己。儿子，你若是能认为暂时的失败只不过是对经验的学习，那么你一生中成功的次数将远胜过失败。

面对失败，有人把它看成是一种惩罚，一场灾难，从而放弃真正想要得到的东西；而有人则把它视为一种恩赐，一种机会，从而进一步充实和完善自己，向所要达到的目标继续前进。毋庸置疑，前一个人是失败者，后一个人是成功者。在人生的舞台上可以发现，几乎大部分的成功者，都有非常艰辛，不断接受挫折、失败打击的经历，而他们都撑过来了，并且将其转化成对自己有利的经验及能力，从而协助自己创造更大的成绩。

1929 年夏天，波士顿红袜队一垒手卡尔·耶垂斯基成为棒球史上第 15 个击出 3000 次本垒打的人。媒体对他十分关注，数百名记者在他破纪录的前一个星期，就开始报道他的一举一动。有一位记者问那垂斯基："难道你不怕这些成绩会使你失常?"

耶垂斯基回答道:"我的看法是,在我的运动生涯里,我的打击数1万次,也就是说我有7000多次未能成功地击出本垒打,仅是超过这个事实就能使我不致失常。"

人生又何尝不是如此?失败并不可怕,可怕的是因挫折畏缩丧失勇气。自古以来不以成败论英雄,而以勇敢视豪杰。什么是勇者?敢于面对挑战、应对挫折者就是勇者。

当我们从低处往上攀爬时,没有着力点就无从爬起,没有踏脚石就无处着力。人生的奋斗过程也是这样,挫折、磨难便是人生的踏脚石。人都有失意的时候,然而,"挫折和磨难是最好的礼物",人只有在遭受挫折和磨难时,才能让自己的头脑更加清醒,才能为自己找出更好的出路。

如果一时的挫折和磨难能带给未来的幸福,请忍受它;如果一时的快乐会带给日后的不幸,请抛弃它。记住:生命中的每个挫折、每个伤痛、每个打击,都有它的意义。

儿子,愿你学会面对挫折、磨难和失败。不经历风雨,怎能见彩虹?

祝你进步!

　　　　　　　　　　　　　　　　　思念你的父亲